I0728253

Bringing Out Her Bad

ÉDITION FRANÇAISE

BLOOD MONEY BILLIONAIRE
TOME UN

BLAIR BUTLER

FIRE FINCH

Copyright © 2025 par JT Lawrence
(écrivant sous le nom de Blair Butler)
Tous droits réservés.

Aucune partie de ce livre ne peut être reproduite sous quelque forme ou
par quelque moyen électronique ou mécanique que ce soit, y compris
les systèmes de stockage et de récupération d'informations, sans
l'autorisation écrite de l'auteur, à l'exception de l'utilisation de brèves
citations dans le cadre d'une critique littéraire.

FIRE FINCH PRESS

Bringing Out Her Bad

BLOOD MONEY BILLIONAIRE, TOME 1

Révéler Son Côté Sombre

BLOOD MONEY BILLIONAIRE, TOME 1

CHAPITRE 1
Des étrangers à la peau chaude

LA FOULE GROSSIT — tout comme le bruit — et ma poitrine se gonfle en même temps. La manifestation est déjà de loin la plus importante que nous ayons jamais organisée, et voir les visages de mes camarades militants scander et chanter me coupe le souffle.

C'est une sensation incroyable de voir des gens qui se soucient — qui se soucient *vraiment* de la crise climatique — prendre position contre l'avidité des entreprises. C'est tellement... je ne sais pas, vivifiant ? D'être dans cette mer de corps qui tapent du pied et applaudissent, comme si nous étions tous de petites pièces d'une grande et belle machine.

Jeff utilisait l'expression « expérience ultime » pour décrire des moments comme celui-ci. Ton corps pétille, ton cœur s'envole, et cette journée restera à jamais gravée dans ta mémoire. Jeff était un vrai connard — la pire chose qui me soit jamais arrivée — mais je suppose qu'il avait raison sur certaines choses. Comme on dit, même une horloge en panne a raison deux fois par jour.

Je suis soulagée de constater que, bien qu'étant l'un des organisateurs les plus en vue, il n'est pas dans la foule aujourd'hui — ou si c'est le cas, je ne l'ai pas croisé. Voir mon ex mégalomane mettrait certainement un sérieux coup à n'importe quelle expérience, ultime ou non. Becks m'avait assuré qu'il ne viendrait pas, mais on ne peut jamais être certaine avec des gens comme lui. Je chasse cette idée de mon esprit et me concentre à nouveau sur le groupe incroyable de personnes qui m'entourent.

Le bel immeuble de verre que nous ciblons s'élève presque jusqu'aux nuages ; homogène et impeccable, à l'exception de la peinture vert vif que nous avons lancée à sa base, vandalisant temporairement leur logo finement élaboré et d'apparence coûteuse — un corbeau stylisé volant au-dessus de lettres métalliques soignées.

RAVENSCROFT ENTERPRISES.

Comme nous les détestons. Ils figurent sur notre liste des dix entreprises maléfiques que nous nous sommes engagés à perturber, et nous y voici. Le mois précédent, nous avions campé devant un bâtiment léviathan similaire — mais moins élégant — d'une autre méga-entreprise pour exiger qu'ils cessent de détruire les fonds marins avec leur fracturation hydraulique incessante.

Les pancartes *FRACK OFF !* et *DÉGAGEZ VOS FRACTURATIONS DE NOS OCÉANS* avaient donné le ton.

Nous étions restés pendant trois jours épuisants mais exaltants avant qu'ils n'envoient une assistante à l'air nerveux pour nous dire qu'ils avaient accepté de « rencontrer notre chef » — comme si nous étions des extraterrestres au lieu de personnes ordinaires essayant simplement de faire ce qui est juste. Le mois d'avant, nous

nous étions enchaînés à l'entrepôt d'une autre entreprise, empêchant leurs camions de livraison d'entrer ou de sortir. Nous n'étions restés que quelques heures avant de parvenir à un accord. Nous en étions particulièrement reconnaissants, car le temps s'était dégradé. Les vents du début de l'hiver avaient gercé mes lèvres et m'avaient fait craindre de perdre mes doigts à cause des gelures. Je me souviens encore de la sensation glaciale du métal des chaînes.

Être des agents du changement n'était efficace, avions-nous appris très tôt, que si vous menaciez les bénéfices de l'entreprise. Ils se fichaient que vous demandiez poliment, que vous boycottiez leurs produits, que vous défiguriez leurs panneaux publicitaires, ou que vous essayiez de les attaquer en justice. C'étaient des Goliath, mais nous avions des pierres. Métaphoriquement parlant.

Une femme près de moi a un fort accent du Yorkshire.

— Arrêtez votre expansion insensée !

— La planète avant le profit ! crie un autre manifes-tant derrière moi. Il n'y a pas de Planète B !

Ravenscroft est tristement célèbre pour son manque de responsabilité et de transparence. Sinistre, nébuleux, c'est comme essayer d'attraper une ombre.

Certaines personnes autour de moi ont le visage peint : des empreintes de mains ensanglantées sur leurs joues, des panneaux d'interdiction, des symboles de feuilles vertes sur des affiches. Le type derrière moi a simplement le mot « NON » écrit en noir sur son front. Je ne peux m'empêcher de penser que ce serait utile dans diverses situations sociales, comme une soirée cocktail snob, ou quand quelqu'un vous reluque dans le métro — ou quand on vous interpelle vulgairement alors que vous allez acheter un sandwich. Honnêtement, ça pourrait être utile pour les gens qui essaient simplement de lire un livre chez eux sans être interrompus. Mais c'est surtout ces regards lubriques et ces interpellations que je déteste.

— Ces salauds ne peuvent pas s'en empêcher, Saint Ives, me dit ma meilleure amie de toujours, Becks, chaque fois que je m'en plains. Je veux dire, regarde-toi.

Ce qui est totalement ridicule à tous points de vue. Tout d'abord, je ne suis pas un mannequin. J'ai la chance d'avoir de bons gènes à certains égards — de longues jambes et des pommettes correctes — mais je suis loin d'être une bombe. Mes cheveux et ma peau sont franche-ment ordinaires, et ma garde-robe fripée est médiocre au mieux.

— Des conneries, aime dire Becks, en faisant claquer le chewing-gum qu'elle mâche toujours. Tu as tout pour plaire. Et les plus beaux seins de Londres, salope chan-ceuse. C'est un terme affectueux.

Mais même si je ressemblais *effectivement* à un mannequin — ce que je vous assure encore une fois n'est pas le cas — ces étrangers obsédés devraient apprendre à retenir leurs langues.

Pour être tout à fait honnête, je crois que je suis un peu dégoûtée des hommes. Ma relation toxique de grade Tcher-nobyl avec Jeff a été un désastre sans précédent dont je n'ai toujours pas réussi à me débarrasser, et le petit ami d'avant lui était un désordre codépendant avec des problèmes d'im-puissance et d'addiction. Et ce ne sont pas seulement les mecs écologistes que je ne supporte pas : plus j'en apprends sur ces patrons d'entreprises — 99,9 % d'entre eux sont des hommes — plus je réalise que je déteste la nature vorace des hommes en général, avec leurs sifflements, leurs mains baladeuses et leurs grands bâtiments phalliques sophistiqués. Debout dans leurs costumes sur mesure, regardant la ville en pensant qu'ils ont le droit de prendre tout ce qu'ils veulent aux gens et à la planète.

En fait, je n'ai pas trouvé un homme attirant depuis lo-o-ongtemps. Peut-être suis-je destinée à couper mes longs cheveux et à devenir l'une de ces radicales asexuelles et célibataires qui portent des tuniques en coton équitable, mangent du granola non-OGM et consacrent toute leur énergie à la cause sans laisser de place ni de temps pour des distractions comme les relations amoureuses ou le sexe.

— On ne partira pas ! crie un type en sweat bordeaux, le poing en l'air. On ne partira pas !

Becks avait demandé un service à l'un de ses nombreux amis-avec-avantages et avait organisé un système sonore impressionnant pour l'événement. Les haut-parleurs résonnaient avec la musique familière qu'aimaient nos parents. Des chansons de résistance de Tracy Chapman, Bob Marley, Sam Cooke, Bob Dylan. Des gens comme Becks et moi avons grandi dans le mouvement. Nos parents étaient tous deux des hippies, mais pas du genre fumeur de joints. Je veux dire, oui, ils fument encore le pétard occasionnel, et je suis sûre qu'ils ont essayé leur part de psychédéliques, mais pour eux, il ne s'agissait pas de drogues et de tie-dye. Ils ont toujours combattu le système, résisté à la tyrannie, défendu ce qui était juste.

À leur époque, ils protestaient contre la guerre du Vietnam, la pollution et les politiques racistes. Ils étaient pour les droits civils et contre l'autoritarisme. Quand ils nous ont passé le flambeau, la question la plus urgente à l'ordre du jour était la crise climatique, et Becks et moi avions pris la cause en main, ainsi que des idées vagues et peu pratiques sur la façon de faire tomber le patriarcat. Comme les longues jambes et les cheveux ordinaires, combattre pour la bonne cause est dans mon ADN.

Comme s'il lisait dans mes pensées, le gars à côté de moi allume un joint. Le ruban âcre de fumée, à la fois douce et amère, renforce ma nostalgie pour les années 60 que je n'ai jamais connues. Qu'y a-t-il entre les parfums et les souvenirs ? Rien ne ravive un souvenir comme une odeur spécifique.

Il y avait un bonbon au caramel particulier que mon frère et moi recevions enfants à la plage quand nous y allions avec nos cousins. Je suis presque sûre que ce n'étaient que des bonbons bon marché enveloppés dans du papier, mais Jamie et moi les adorions. Même maintenant, vingt ans plus tard, quand je sens cette odeur, je suis instantanément transportée à ces jours innocents sur la plage, enveloppée étroitement dans une serviette qui gratte, les pieds enfouis dans le sable chaud, l'eau salée encore sur mes lèvres.

En pensant à Jamie, je regarde l'heure sur mon téléphone. Malgré l'écran brisé — ne demandez pas — je vois qu'il est un peu plus de trois heures. Je dois rendre visite à mon frère demain, alors j'espère que nous ne resterons pas ici toute la nuit.

— Tu en veux ? demande le fumeur, ses dreadlocks se balançant alors qu'il se tourne vers moi.

Embarrassée, je ris et rougis. L'avais-je fixé pendant que j'étais perdue dans mes pensées ? Étais-je devenue cette étrangère qui reluque et que j'avais si souvent eu envie de gifler ?

— Désolée, je réponds. J'étais perdue dans un souvenir.

La foule est bruyante, alors je fais un geste vers le joint comme pour suggérer que c'était ce qui avait déclenché mes souvenirs.

L'homme, comprenant mal mon geste, m'offre le joint. Je me sens idiote.

— Vas-y, dit-il avec un haussement d'épaules bienveillant. Si tu veux.

Je n'ai pas l'habitude de prendre des drogues, mais je suis déjà excitée par l'atmosphère et par ma nostalgie empruntée. Je prends le joint de sa main avec un sourire. Ses doigts sont chauds et font frémir les miens.

Je pourrais faire semblant. Je pourrais faire semblant que c'est Woodstock et que nous sommes ici pour voir nos groupes préférés. Pour porter des caftans amples et des marguerites dans nos cheveux. Pour danser, nous étreindre et avoir des relations sexuelles occasionnelles avec des étrangers à la peau chaude. Je sèche mes lèvres avec le dos de ma main et prends une longue et profonde inhalation. La fumée a un goût encore plus doux que son odeur, et quand j'expire, je regarde le panache blanc se dissiper dans l'air scintillant de fin d'après-midi.

CHAPITRE 2
Skinship

JE ME PERMETS d'imaginer que le monde n'est pas en train de brûler, que les océans ne sont pas étouffés par le plastique, et que la paix et l'amour sont tout ce qui compte. Quelle époque formidable ça devait être. Des cœurs ouverts, du rock 'n' roll, des pieds nus dans des champs boueux. Des gens qui planaient de toutes les façons possibles.

Dreadlocks hoche la tête quand je le remercie pour la taffe. Il a dû remarquer mon vibe zen presque instantané car il sourit et dit :

— C'est de la bonne, hein ?

Je hoche la tête. C'est vraiment de la bonne. C'est Woodstock. Ce sont des rubans multicolores qui flottent sur des tambourins tandis que leurs clochettes tintent et scintillent au soleil. La chaleur monte en moi, et je m'élève avec elle. Dans ce fantasme, Dreadlocks glisse sa main dans le creux de mes reins. Il utilise une touche légère, si légère que je ne suis pas sûre qu'il me touche vraiment... jusqu'à ce que j'en sois certaine.

Je suis agréablement surprise par cette rêverie viscérale. Dreadlocks se tient innocemment à côté de moi, mais dans mon esprit, sa paume est chaude et picote contre mon dos.

Tant pis pour ne plus aimer les hommes.

Dans ce fantasme, il me donne l'option de le repousser – il suffirait d'un demi-pas en avant. Au lieu de cela, je recule d'un centimètre contre son contact léger, juste assez pour signaler que je pourrais être intéressée. Nous évitons le contact visuel pendant un moment, mais ensuite il applique plus de pression, et nous nous regardons. Il est plus beau que je ne l'avais d'abord pensé, et ses yeux amicaux pétillent d'une manière charmante. La dernière chose que je veux, c'est d'être charmée par un inconnu, mais Dreadlocks est différent. Dans ce fantasme, il n'est pas lubrique. Il est détendu et chaleureux. Son toucher n'est pas une attaque, c'est une invitation.

Il offre un bon moment. Est-ce que je veux passer un bon moment avec lui, un parfait inconnu ? Dans la vraie vie, la réponse est non. Dans ma rêverie cannabique à la lumière dorée, la réponse est définitivement oui. Si nous étions à un festival de musique, il aurait pu me prendre la main et me conduire dans sa tente. Mais nous ne sommes pas dans un cadre charmant rempli d'arbres, nous sommes à Canary Wharf, où le béton, le verre et l'acier dominent l'horizon des gratte-ciel.

Il ne fait aucun geste pour partir. Peut-être n'a-t-il aucune intention de m'emmener quelque part. Peut-être veut-il simplement toucher mon dos là où ma peau est exposée au-dessus du jean déchiré que je porte. Peut-être ne cherche-t-il rien de plus que toucher quelqu'un d'une manière intime mais non invasive. Il y a un mot pour ça en japonais. Ça se traduit par quelque chose comme « peau affamée ». Un livre que j'ai lu récemment mentionnait qu'ils ont des cafés câlins là-bas. Peut-être que tout ce dont ce type a besoin, c'est d'un café câlin. Skinship. Peut-être que tout ce que *je* veux, c'est un peu de peau contre peau sans attaches.

Je suis bientôt détrompée sur la théorie du café câlin. Dreadlocks glisse lentement le bout de ses doigts sous la ceinture de mon jean, puis sous l'élastique de ma culotte. J'essaie sans succès de me rappeler quels sous-vêtements j'ai mis ce matin-là. Probablement quelque chose de pratique, vu les projets de la journée – bien que je ne pense pas que Dredz se soucierait de ma culotte en coton ordinaire. Me rappelant qu'il s'agit d'un fantasme, je décide que je porte un string en dentelle bleu ciel avec un soutien-gorge push-up assorti. Dans mon esprit, ses doigts voyagent plus bas, touchant ma fesse nue. Je me sens gênée que les manifestants derrière nous puissent voir ce qui se passe, mais nous sommes assez proches l'un de l'autre pour qu'ils ne le remarquent pas, sauf s'ils regardent activement. C'est tellement bon que je suis prête à prendre le risque d'être vue. Je me rapproche légèrement de lui pour montrer que je suis intéressée, et pour permettre à sa main de descendre plus bas. Bien que ses doigts ne soient pas du tout près de ma chatte, elle commence à se réchauffer, et le plaisir irradie bientôt dans tout mon bassin. La gêne imaginée s'estompe. La peur fantasmée d'être prise sur le fait se transforme d'une possible humiliation à une indifférence presque totale. Je veux qu'il continue plus que je ne m'inquiète de qui que ce soit debout derrière nous. Ma respiration s'approfondit, et mes paupières s'alourdissent.

— L'avidité des entreprises tue la planète ! crie la femme du Yorkshire, me sortant de ma rêverie excitée. Dans mon esprit, Dredz a une réaction similaire et retire sa main si vite que je la sens à peine partir. Nous croisons nos regards surpris et partageons un regard de regret.

Je suis assez profondément dans cette mise en scène. Tellement que je peux me sentir palpiter, et ressentir le besoin de me libérer. Je n'ai pas eu d'orgasme depuis des mois.

Je continue avec la scène torride dans mon imagination.

J'en veux plus, j'en ai besoin de plus. Je le regarde d'une façon qui, j'espère, lui communiquera à quel point je suis excitée, combien je veux plus de lui : ses doigts, ses lèvres. Mais s'embrasser serait inapproprié. Nous sommes à une manifestation, bon sang. Cela révélerait notre secret. Au lieu de cela, je lui prends le joint et tire une autre profonde bouffée, trouvant de l'érotisme dans le simple fait que ses lèvres y étaient posées quelques instants auparavant. Je lui jette un autre regard, et le désir que je vois dans ses yeux me fait fondre. Son toucher revient sur mon corps, cette fois, mon ventre.

Plus bas, je pense. *S'il te plaît. Je veux ta main sur mon clito.*

Ses doigts y parviennent enfin. Je gémis, mais personne ne m'entend. Il fait des cercles lentement, lentement, les coussinets de ses doigts appliquant la pression parfaite tandis que mes lèvres s'épanouissent sous eux.

Oh, putain. Mes genoux semblent sur le point de

fléchir. Il augmente lentement la pression, double la cadence.

Ce que nous faisons est totalement mal. Risqué. Dieu, c'est si bon. La combinaison du cannabis et de l'imprudence me donne le vertige. En même temps, je suis complètement dans mon corps. Je ne suis que corps, pas de cerveau.

Un autre gémissement s'échappe de mes lèvres. Je peux dire qu'il l'a entendu parce qu'il appuie plus fort et plus vite. Je sens mon orgasme se construire rapidement – trop rapidement.

Putain de merde ! Vais-je vraiment jouir ici, lors d'une putain de manifestation pour le climat ?

Je ferme la bouche, inquiète du son que je vais faire. La sensation est en train de spiraler hors de contrôle. Je ne pourrai pas l'arrêter. Je ne veux pas l'arrêter.

Ohhh putain !

Je halète malgré ma bouche fermée.

L'inconnu fumeur se penche pour me murmurer quelque chose à l'oreille.

— Oui ? demande-t-il.

Je ne peux pas faire confiance à ma voix, et mon visage a une expression propre, comme si j'étais sur le point de pleurer. Je le regarde dans les yeux et hoche la tête. *Oui.*

Il hoche la tête en retour, m'encourageant à lâcher prise. Malgré tout.

Et malgré tout, je lâche prise. Je cède. J'atteins le point de non-retour.

Oh putaiiiin ! Le plaisir monte en moi comme un tourbillon chaud. Je ferme à nouveau ma bouche tandis que je grogne.

Je n'ai jamais vécu un fantasme comme celui-ci auparavant. C'est tellement *réel*. Je suis clairement défoncée comme un cerf-volant. Quoi qu'il y ait dans ce joint, c'est comme l'a dit Dreadlocks, vraiment de la bonne.

CHAPITRE 3
L'Explosion

ALORS QUE J'ÉMERGE de mon fantasme dans un état second, une explosion retentit. Je sens le sol vibrer, d'abord avec la déflagration, puis avec la peur de la foule qui commence à courir et à crier. Cette partie n'est certainement pas un rêve. Bien que légèrement défoncée, je peux sentir la panique dans l'air. Des pancartes tombent et des drapeaux font trébucher les gens qui tentent de s'échapper. Je suis complètement désorientée. Quel était ce bruit ? D'où venait-il ? Je secoue la tête pour retrouver mes esprits.

Y a-t-il un réel danger ?

Je réalise qu'il y a toujours un vrai danger quand des foules sont impliquées. Je cherche Dreadlocks, qui était à mes côtés il y a un instant, mais la foule paniquée nous a séparés. Je suis engloutie par un flot de personnes terrifiées. Leur force est si puissante que je perds presque l'équilibre.

Il y a des enfants ici, je pense. *Des bébés dans des pous-*

settes. *Des tout-petits sur les épaules. Des personnes âgées. C'est mauvais.*

Une autre explosion fait trembler le sol, et les gens crient plus fort qu'avant.

Qu'est-ce qui se passe, bordel ? Je dois suivre le courant ou me faire emporter. Des sirènes hurlent au loin.

Reste calme, je me dis. *Garde ton sang-froid et tout ira bien.*

Je me force à respirer normalement. Je retenais mon souffle, attendant la prochaine explosion. Ne pas paniquer est plus facile à dire qu'à faire – je suis compressée de tous côtés. Soudain, je sens un corps à mes pieds. Un jeune garçon. *Non !*

— Hé ! je crie, en essayant d'atteindre le préado. Hé, relève-toi !

Je hurle et tente de le tirer, mais dès que j'arrive à saisir sa main, la pression autour de moi se relâche brusquement. Je bascule en avant, tombant sur le garçon, mon visage s'écrasant contre le bord du trottoir.

Je ne sais pas combien de temps je suis restée inconsciente, mais quand j'ouvre les yeux, la lumière me fait mal et ma tête semble sur le point d'exploser, exactement comme la déflagration qui a déclenché ce chaos. Je tâte la blessure sur ma tempe, et mes doigts reviennent couverts de sang.

Oh. Il y a une flaque de sang écarlate sur le trottoir.

Est-ce tout le mien ? Sûrement pas.

Merde. Je me sens étourdie et j'ai du mal à me relever. C'est comme si mes jambes n'obéissaient plus. Ma bouche est si sèche que j'arrive à peine à avaler. Combien de sang ai-je perdu ?

Quelqu'un m'aide à me relever. Cette personne s'en va avant que je puisse la remercier. Je trébuche immédiatement et tombe en avant, mais cette fois quelqu'un de grand et fort me rattrape avant que je ne m'écrase à nouveau. Il me soutient avec sa solide carrure. Le soleil bas m'aveugle. Je me tourne pour le regarder, les yeux plissés, pensant que c'est peut-être Dredz, mais ce n'est pas lui. Je suis tellement étourdie. Cette partie n'est pas un fantasme ; la douleur aiguë de ma blessure et la sensation de ses mains sur moi semblent plus réelles que tout le reste.

Le temps s'arrête, et le monde devient silencieux tandis que je le contemple.

Cet homme n'a jamais porté de dreadlocks de sa vie. Il est bien rasé et arbore ce qui semble être une coupe de cheveux extrêmement coûteuse. Certains pourraient croire que ses vêtements sont ordinaires – un jean et un t-shirt blanc impeccable – mais même dans mon état second, je peux reconnaître leurs marques de créateur. Le look décontracté du week-end de cet homme coûte plus cher que toute ma garde-robe.

Probablement à cause de ma blessure à la tête – et de la façon dont la lumière transperce mes yeux – cet homme ressemble à un véritable super-héros, tout en vêtements immaculés et biceps imposants. On dirait une révélation divine. C'est une sorte d'archange magnifique, ce qui fait de moi la pécheresse qui a besoin de rédemption. J'attends que le chœur des anges se mette à chanter.

— Doucement, dit-il, alors que j'essaie de retrouver mon équilibre. Je te tiens.

Sa voix est plus riche que son t-shirt à 500 euros. Profonde et luxueuse, elle me fait vibrer intérieurement. Je regarde son visage correctement pour la première fois et je pense que je dois halluciner.

Je te tiens.

Oubliez l'ange. Cet homme est un dieu.

Mes genoux fléchissent, et il supporte tout mon poids.

La prochaine fois que je me réveille, je m'attends à être dans un service de triage d'hôpital, saignant sur le sol. Au lieu de cela, je suis dans une chambre d'hôtel vraiment chic, allongée sur un lit à baldaquin king-size drapé dans des draps de soie somptueux. Un lustre extravagant scintille au-dessus de moi. C'est magnifique, luxueux – et complètement excessif – et je suis totalement perdue. Ma tête me fait horriblement mal, alors j'essaie de rester immobile.

— Bien, dit cette voix incroyable. Tu es réveillée.

Je tourne prudemment la tête pour voir le super-héros fortuné assis près de la fenêtre sur une chaise longue en velours.

— J'hallucine, je croasse.

Ses sourcils se froncent.

— Vraiment ?

J'avale ma salive. Ma bouche est plus sèche qu'un mirage dans le désert.

— Je... vois des choses.

Ses lèvres s'incurvent légèrement.

— C'est généralement ce que signifie ce terme, en effet.

— Je vois une chambre d'hôtel plus grande que mon appartement. Et un inconnu près de la fenêtre.

— Un inconnu près de la fenêtre, répète-t-il, amusé. Tu fais sonner ça comme quelque chose de sinistre, comme un film d'Hitchcock.

— *Es-tu* sinistre ? je demande. Est-ce que j'ai été... kidnappée ? Je te préviens, ma famille n'a pas d'argent, donc tu perdrais ton temps si tu voulais leur envoyer un de mes doigts avec une demande de rançon. Maintenant, j'espère *vraiment* que j'hallucine.

Il rit. C'est un rire incroyablement séduisant.

— Un de tes doigts ? s'esclaffe-t-il. Ça a escaladé rapidement. Es-tu religieuse ?

— Mon Dieu, non, je balbutie. Quel rapport avec les hallucinations ?

— Probablement beaucoup, quand on y réfléchit. Mais ce n'est pas pour ça que je demandais.

Oh mon DIEU qu'il est sexy.

— Pourquoi demandais-tu alors ?

— Tu marmonnais à propos de Dieu. Quand tu flottais entre conscience et inconscience.

Je ferme les yeux tandis que mes joues s'empourprent d'embarras.

Parce que tu ressemblais à un dieu quand tu m'as sauvée.

Parce que tu ressembles à un dieu, point final.

— Bizarre, je réponds, feignant l'innocence et espérant que mon rougissement disparaisse vite. Je ne suis pas portée sur la religion.

— Sur quoi *es-tu* portée ? demande-t-il. J'ai peut-être feint l'innocence, mais lui certainement pas. Il y a une nuance évidente dans sa question. Ou est-ce simplement que sa voix est si séduisante que tout ce qu'il dit semble suggestif ?

— Euh..., je commence. Avant d'aborder mon manque général de foi et autres questions philosophiques, peut-être pourrions-nous commencer par les bases ?

Comme, pourquoi suis-je allongée dans un lit d'hôtel avec des draps de mille fils au pouce et un lustre qui pourrait être vendu pour nourrir un petit village ? Pourquoi y a-t-il tant d'oreillers sur ce lit ? Comment as-tu enlevé mon sang de ton t-shirt blanc immaculé ? Es-tu vraiment pas un kidnappeur ?

— D'accord, dit le super-héros. Bien sûr. Je t'en prie.

Je dois commencer ? Je ne sais rien, et en plus j'ai une blessure à la tête. Je veux en savoir plus sur cette chambre, pourquoi je suis ici, et sur lui. Surtout, pour être honnête, je veux en savoir plus sur lui.

— Je m'appelle Ivy, je dis.

— Nous savons, répond-il. Ivy Mickelson.

Attends, quoi ?

Nous savons ?

Je me redresse dans le lit malgré l'étau qui me serre la tête et établis un vrai contact visuel avec lui. Ce n'est pas facile. Tout chez lui est si intense, c'est comme regarder une éclipse.

— Qu'est-ce que tu veux dire par *nous savons* ?

CHAPITRE 4
Blessure superficielle

— NE T'INQUIÈTE PAS comme ça, dit-il. Je ne vais pas te mordre.

J'avale difficilement. Encore ce sous-entendu.

— Tu dois avoir soif, dit-il. Attends.

Il revient avec une bouteille d'eau fraîche. Elle fait un bruit sec quand il l'ouvre. Je déteste l'eau en bouteille. C'est un désastre absolu pour la planète. Mais ma bouche est desséchée, alors je décide de faire une exception, juste pour cette fois. De plus, il a déjà brisé le sceau. Je prends une gorgée, et c'est absolument délicieux. J'en avale la moitié, puis j'essuie ma bouche pour attraper la goutte qui s'est échappée.

— Merci, dis-je d'une voix rauque.

— Ivy. Je connais ton nom parce que j'ai fouillé dans ton téléphone pour le trouver.

Je lui lance un regard en biais.

— Tu as fouillé dans mon téléphone.

— C'était une urgence médicale, réplique-t-il. J'avais besoin de vérifier tes... informations médicales.

Menteur.

Je ne romps pas le contact visuel, même si c'est difficile de soutenir son regard.

— Qui es-tu ?

J'ai une assez bonne idée de qui il est, mais j'ai du mal à y croire.

— Tu n'as pas besoin de connaître mon nom, répond-il. Tout ce que tu dois savoir, c'est que tu as fait une vilaine chute, mais que tu es soignée maintenant.

— Tu es... médecin ?

Il me sourit, et c'est pratiquement aveuglant. Bon sang, son sourire devrait être accompagné d'un avertissement sanitaire.

— Non, je ne suis pas né avec ces talents particuliers.

— À quels talents particuliers fais-tu référence ? La gentillesse, le soin, l'empathie, la sagesse ?

— Oui, tout ça, dit-il, toujours souriant. J'ai fait venir mon médecin personnel pour s'occuper de toi.

Bien sûr qu'il a un médecin personnel disponible sur appel.

— Rien d'inquiétant, apparemment. Tu iras très bien.

— Blessure superficielle, dis-je. Je fais référence à une comédie noire que j'ai vue où quelqu'un avait perdu un bras et l'avait minimisé comme une « blessure superficielle ».

Étonnamment, il comprend la référence et glousse. Je suis un peu stupéfaite de le voir rire à nouveau. Comment quelqu'un comme moi peut-il faire rire quelqu'un comme lui ? Aussitôt, je m'irrite contre moi-même. Ce n'est pas parce que cet homme est incroyablement séduisant et ridiculement riche que ça en fait une meilleure personne.

Bien sûr que je peux le faire rire. Je pourrais lui faire faire d'autres choses aussi…

— Rougis-tu toujours autant ? demande-t-il, me faisant rougir encore plus. Une habitude extrêmement agaçante, et sur laquelle je n'ai apparemment aucun contrôle.

Je décide d'être honnête.

— Oui. Je déteste ça.

Ses yeux pétillent, comme s'il y voyait un défi. *Je pourrais t'aider avec ça,* je peux l'imaginer dire.

J'essaie de ramener la conversation à la raison pour laquelle je me trouve dans une chambre d'hôtel inconnue.

— Donc, ton médecin m'a examinée ? dis-je en touchant le petit pansement sur ma tempe. Des points de suture ?

Il secoue la tête.

— Non, elle a juste utilisé ces pansements ingénieux. Des strips de suture papillon, comme elle les appelle. Elle a dit que ça donne un meilleur résultat, esthétiquement parlant.

— Oh, super, je réponds. Je n'y avais pas pensé. Une autre cicatrice à ajouter à ma collection.

Il se redresse un peu, et son visage s'assombrit.

— Tu as une collection ? Pourquoi ?

Oh merde. J'ai dit ça à voix haute ?

— Oh, tu sais, je mens. Être un garçon manqué. Grimper aux arbres. Tomber dans des ruisseaux. Ce genre de trucs.

Ses épaules se détendent visiblement. Il avait automatiquement supposé que quelqu'un m'avait blessée et cela l'avait mis en colère. Pourquoi ? Nous ne nous connaissons même pas.

Est-ce que Jeff m'avait-il déjà blessée physiquement ? Oui.

Est-ce que ça regardait ce type ? Non.

Pendant que mon esprit s'affole, il s'en tient au sujet en cours.

— Il y a eu une certaine perte de sang, mais pas assez pour s'inquiéter.

Ses yeux se tournent vers la poubelle cachée dans le coin. Sa chemise blanche tachée s'y trouve.

— Les blessures à la tête ont tendance à beaucoup saigner.

J'ai un bref flash-back où je vois du sang brillant sur mes doigts, et le choc de cette petite flaque cramoisie sur le béton. Cela semble encore irréel.

— Elle s'inquiétait que tu aies une commotion cérébrale. Alors... j'ai gardé un œil sur toi.

Lentement, je réponds :

— Tu me regardais dormir.

— Ça a l'air bizarre quand tu le dis comme ça.

— C'est parce que c'*est* bizarre.

Nous savons tous les deux que je ne suis pas sincère. Je ne pense pas du tout qu'il soit bizarre, et j'aime assez l'idée qu'il me regarde dormir – mis à part le fait que je marmonnais des choses étranges à propos du fait qu'il soit un dieu. FML.

— Tu n'es pas censée dormir du tout quand il y a suspicion de commotion cérébrale, note-t-il.

— Et pourtant tu t'es simplement assis là dans ton canapé de luxe et tu m'as regardée faire.

— Tu ne m'as pas laissé le choix. Tu étais complètement dans les vapes. Rien de ce que j'ai fait ne t'a
réveillée.

Je ressens un petit frisson à cette idée.

— Qu'as-tu exactement essayé ?

— Disons simplement que rien ne fonctionnait. À
part te faire une injection d'adrénaline en plein cœur,
façon Quentin Tarantino, nous étions à court d'options.
Syd a dit de juste, eh bien, comme je l'ai dit, garder un œil
sur toi. Il semble que ça ait fonctionné jusqu'à présent.
C'est un très bon médecin.

— Tu n'as pas pensé que je serais mieux à l'hôpital ?

Il ricane.

— Tu serais encore en train de saigner dans la salle
d'attente.

C'est probablement vrai.

— Pourquoi m'as-tu aidée ?

Il détourne son regard. Je me demande s'il est sur le
point de mentir. Je sais que lorsque quelqu'un fabrique
une histoire, il regarde dans une direction – se rappeler
d'un souvenir, c'est l'autre direction – mais je n'arrive
jamais à me souvenir laquelle est laquelle.

Il change de position sur son siège.

— Je me sens partiellement responsable.

Quoi ? Pourquoi ? Je reste silencieuse et fronce les
sourcils vers lui, attendant qu'il termine, mais il ne le
fait pas.

— Parce que ? je l'encourage.

Les muscles de sa mâchoire se contractent, puis il se
cale en arrière.

— Tu n'as pas encore compris ?

— Si j'avais compris, je ne demanderais pas. De plus, au cas où tu aurais oublié, dis-je en montrant ma tempe blessée, j'ai probablement perdu un nombre important de neurones.

Bien sûr, j'ai mes soupçons, mais je veux l'entendre de sa bouche. La chambre d'hôtel ridiculement magnifique, le médecin privé disponible sur appel, la chemise de créateur dans la poubelle, tout pointe vers une seule chose. Une conclusion que j'ai à la fois besoin d'entendre et envie de bloquer. La vérité dérangeante que l'homme le plus magnétique et le plus magnifique que j'aie jamais rencontré est mon ennemi juré.

CHAPITRE 5
Kraken

— J'AI UNE SUGGESTION, dit-il.

— Je suis toute ouïe.

Si nous sommes destinés à être ennemis, pourquoi gâcher ce moment avec la vérité ? En apparence, nous nous entendons vraiment bien. De plus, au fond, je suis quelqu'un qui cherche à plaire aux autres. Je déteste cet aspect de ma personnalité, mais c'est ainsi. Si cet homme incroyablement sexy veut reporter temporairement notre haine mutuelle, je suis partante. Juste pour quelques heures, jusqu'à ce que nous soyons tous deux forcés de revenir à la réalité.

— Oublions qui nous sommes pendant cette soirée et profitons simplement de la compagnie l'un de l'autre.

Mon Dieu. Cette voix. Ces mots. Sa phrase *profitons de la compagnie l'un de l'autre* vibre en moi. Mon plancher pelvien se contracte spontanément. Aucun humain n'a jamais fait réagir mon corps de cette façon. C'est comme si je bourdonnais simplement à cause de ma proximité avec lui.

— Tu veux dire que tu ne veux pas entendre parler de moi et de l'histoire de ma vie ?

— Au contraire, répond-il. Je veux *tout* savoir de toi.

— Mais ?

— Mais... pour que nous puissions nous entendre ce soir... *Encore ce frisson.* Je pense qu'il serait préférable de garder nos secrets les plus sombres pour nous-mêmes.

Je ressens un léger frisson. Je fais une pause, feignant de réfléchir à sa proposition. — Marché conclu.

Il cligne des yeux dans ce que j'interprète comme de la surprise, puis neutralise rapidement son expression. — Excellent.

Excellent, en effet. Je n'aurais pas à lui parler de Jeff, ni du fait que je détestais que la chambre d'hôtel où nous séjournions soit l'incarnation même de la consommation ostentatoire. Un microcosme du genre d'excès pur qui détruisait l'environnement. La multitude de coussins sur le lit à elle seule devrait être accompagnée d'un avertissement sanitaire : *Peut provoquer une insomnie due à la culpabilité en raison de l'origine d'ateliers clandestins. Le rembourrage synthétique finira probablement dans l'océan et étouffera une tortue de mer.*

Et il n'aurait pas à me dire qu'il faisait partie de la famille Ravenscroft, l'entreprise même contre laquelle j'avais manifesté pour leurs péchés environnementaux ; l'empire notoire pour ne prendre aucune responsabilité pour leurs crimes contre la nature.

— Est-ce que tu fais ça... souvent ? demandé-je, ayant du mal à articuler les mots. Ramasser des filles blessées et les emmener dans un hôtel chic ?

Il rit. C'est sincère, et ça me fait sourire.

Secouant la tête, il dit : — Non. Je peux honnêtement dire que c'est la toute première fois que je fais quelque chose comme ça.

— Je vois. Est-ce que je flirte maintenant ? Mon Dieu. — Donc, tu es... naturellement spontané ?

Il rit à nouveau. Il est toujours assis sur la chaise longue, et j'ai l'impression que nous pourrions rester comme ça et discuter toute la nuit. Il est étonnamment de bonne compagnie pour un homme obscènement riche.

— Non, dit-il à nouveau. Je suis tout le contraire de spontané. Je planifie tout dans les moindres détails.

La façon dont il dit cette dernière partie me fait tressaillir. Était-ce un signal d'alarme ? Vient-il de me dire que tout ceci était planifié ? Oh, merde. *Ai-je* été kidnappée ?

Je regarde discrètement la porte pour voir si elle a été verrouillée. Elle ne l'est pas. Au lieu de cela, la porte de la chambre, légèrement entrouverte, mène à une autre pièce. Bien sûr, ce n'est pas une chambre d'hôtel, c'est une suite complète.

Il voit mon regard se déplacer et se dépêche de me rassurer. — Sauf ça, dit-il. Je n'ai pas planifié ça. Parole de scout.

— Donc... je suis libre de partir à tout moment ? hasardé-je.

— Oui ! s'exclame-t-il, passant ses doigts dans ses cheveux noirs. Bien sûr, oui. À tout moment. Il suffit de franchir la porte. Nos regards se croisent un instant. — Mais... je préférerais que tu restes.

L'énergie entre nous se calme pour devenir un subtil bourdonnement. Être en présence d'un dieu n'est pas facile pour le corps ; je n'ai pas pu me détendre depuis que j'ai posé les yeux sur lui. Je ne pense pas avoir pris une respiration complète depuis mon réveil. J'essaie de forcer mon corps à se calmer.

— Alors... qu'as-tu en tête ? demandé-je. Que signifie pour toi *profiter de la compagnie l'un de l'autre* ?

Toujours ce bourdonnement. Toujours cette chaleur à l'intérieur.

Il semble content que j'envisage de rester. Après tout, c'est la chose responsable à faire s'il y a une possibilité de commotion cérébrale. Retourner chez moi et y dormir seule serait risqué. N'est-ce pas ?

— Eh bien, si tu n'étais pas... blessée, le plan serait très différent. Il y a une lueur dans ses yeux que je sais signifier du sexe. Définitivement du sexe. Bon sang. Je dois ralentir ma respiration pour qu'il ne remarque pas mon agitation. Je ne peux pas coucher avec cet homme. Si je me sens ainsi juste en étant assise dans une pièce avec lui... je ne peux pas imaginer avoir réellement des relations sexuelles. Avec ce genre d'énergie sensuelle qui émane de lui, je soupçonne que s'il me touche ne serait-ce qu'au bon endroit, je m'enflammerai spontanément.

Néanmoins, je ne peux pas m'en empêcher. — Quel serait le plan ?

— Cela dépendrait de ce que tu aimes faire. Ce que tu aimes manger, comment tu préfères voyager.

Ah. Je connais ce film. Le milliardaire libertin emmène la fille naïve dîner dans son hélicoptère. Elle est tellement impressionnée par le vol, la ligne d'horizon, les huîtres et la bouteille de Cristal qu'elle transfère cette admiration et cet émerveillement à l'homme et tombe éperdument amoureuse de lui. Après le mariage, elle se rend compte qu'il n'est en réalité qu'un crétin ultra-riche ordinaire avec une tonne de maîtresses et elle quitte émotionnellement la relation, bien qu'elle ne puisse pas partir physiquement pour diverses raisons compliquées, et finit par avoir une liaison avec le type de la piscine, parce qu'au moins lui est authentique, lui demande comment s'est passée sa journée, et sait comment la faire jouir.

— Ivy ? demande-t-il.

Je secoue la tête. — Désolée, j'étais ailleurs. Des rêveries.

Il est près du lit, l'inquiétude dans ses yeux alors qu'il regarde dans les miens. — Tu es partie ailleurs. J'appelle Syd. Il compose le numéro en vitesse. Je tends la main et l'arrête, ma main touchant la sienne. La connexion électrique me fait sursauter.

Oui, je m'enflammerais *définitivement spontanément.*

— Je vais bien, dis-je. Je te le promets. C'est juste que la journée a été longue et bizarre. Ma tête va bien.

Je rêvassais bien avant la blessure.

— Tu es sûre ? demande-t-il, se penchant un peu plus près pour examiner mes pupilles.

— Oui. Je ne vais pas mourir dans tes bras. *Pas aujourd'hui, en tout cas.* Je prends soin de regarder autour de la chambre luxueuse. — Bien que, pour être honnête, ce ne serait pas une mauvaise façon de partir. Ce lit a probablement coûté plus cher que mon appartement.

À peu près la même taille, aussi.

Il balaie d'un geste la référence à l'argent. Il ne le voit

plus — comme un poisson rouge qui ne voit pas l'eau autour de lui parce qu'elle a toujours été là.

Il semble rassuré sur l'état de ma santé, car il recule, mais il ne quitte pas le lit.

J'aimerais qu'il retourne sur la chaise.

J'aimerais qu'il se rapproche.

Peut-être que j'ai vraiment une commotion cérébrale.

— Où en étions-nous ? demande-t-il, se penchant nonchalamment en arrière. Ah. Planifier notre soirée. Habituellement, je découvrirais ce que tu aimes, et je planifierais une soirée autour de cela. Si tu aimais les sushis, je t'emmènerais chez The Araki.

J'ai avalé de travers à cette idée. Non seulement j'adorais les sushis, mais The Araki avait trois étoiles Michelin. Ils n'ont que neuf places au comptoir, et seuls les meilleurs ingrédients sont utilisés — livrés quotidiennement du marché Tsukiji de Tokyo. Ce serait un rêve absolu d'y aller — si je n'étais pas si opposée à l'empreinte carbone, bien sûr.

— Italien ? poursuit-il. Je t'emmènerais probablement chez Locatelli.

Michelin.

— Ou quelque part en Italie, si tu préfères. Modène ?

— D'accord, dis-je. J'ai compris. Et si je n'avais pas faim ?

— Une galerie d'art ? Un théâtre ? Ou un film. J'ai un cinéma.

— Bien sûr que oui, murmuré-je.

— J'essaie simplement d'être honnête.

— Ce n'est pas vrai, pourtant.

Il incline la tête, offensé — ou plus probablement, prétendant être offensé.

— Tu ne découvres pas ces choses. C'est ton assistant personnel qui le fait. Et c'est lui qui planifie les sorties.

— C'est la même chose.

Je me moque. — Pas du tout.

Il est amusé. Il ne peut pas s'en empêcher. — Mes assistants personnels sont comme mes bras supplémentaires, explique-t-il. Je suis occupé, alors ils font des choses pour moi. Ils font partie de moi.

J'acquiesce sagement, comme s'il était le Sage m'enseignant des Choses Très Importantes. — Je vois. Des bras supplémentaires. Comme un... kraken.

Il rit doucement, ébouriffant ses cheveux. — Comme un kraken. D'accord. Oui.

— Quoi qu'il en soit, dis-je, ce serait pour un *rendez-vous* — la planification du kraken — ce que ce n'est clairement pas. Alors comment planifierais-tu cette soirée en particulier sans l'aide de toute ton équipe événementielle ?

— Eh bien, pour commencer, je n'essaierais pas de t'impressionner.

— Tu es sur la bonne voie, plaisanté-je.

Il essaie de ne pas sourire, mais je vois le tressaillement. Savoir qu'il me trouve vaguement divertissante élargit mon sourire.

— Je n'essaierais pas de t'impressionner parce que j'ai le sentiment que les choses tape-à-l'œil ne sont pas ton style.

— Exact, dis-je. Cela ne fait guère de lui un génie : il m'a trouvée lors d'une manifestation contre le changement climatique, portant une veste vintage et un jean déchiré — et il a vu l'écran de mon vieux téléphone, qui a plus de fissures qu'une école de plomberie.

— Je suis presque sûr que tu dois avoir faim, mais je ne t'emmènerais pas dîner parce qu'après la journée que tu as eue, tu n'as probablement pas envie de sortir.

— Encore exact, dis-je, touchant le pansement stérile sur ma tempe. De plus, je suis déjà en pyjama. Un pyjama super soyeux de couleur crème qui, je suppose, a été envoyé plus tôt par la conciergerie.

— Alors... hasarde-t-il. Nous devrions rester ici, dans ce cas.

Nos regards se verrouillent. Il y a un courant qui circule entre nous.

— C'est logique, approuvé-je. Nous ne voulons pas être gaspilleurs. Nous avons déjà la chambre, autant en profiter au maximum.

Ses yeux s'embrasent. C'est la première fois que je comprends vraiment qu'il peut me désirer autant que je le désire.

— Oui, dit-il, lentement, délibérément. Faisons cela.

CHAPITRE 6
Couilles

— COMMENÇONS PAR UN BAIN, dit-il en se levant et en se dirigeant vers la salle de bain. La tension est brisée. J'attends de l'entendre faire couler l'eau et je permets enfin à mon corps de se détendre. Je respire normalement. Je remplis profondément mes poumons d'air. C'est comme si l'oxygène était enfin de retour dans la pièce, et la gravité aussi.

D'accord. Je dois réfléchir. Je dois me ressaisir pendant qu'il est hors de la pièce, car je n'arrive pas à penser clairement quand il est près de moi.

Premièrement, je me dis, *arrête d'être aussi mélodramatique.*

Ensuite, j'essaie d'imaginer ce que Becks me dirait, parce qu'elle est brillante et donne toujours les meilleurs conseils. Je pense souvent que je devrais avoir un de ces bracelets de camp de Jésus Kumbaya, mais au lieu de WWJD, il devrait dire WDDB : Que Dirait De Becks ?

Saint Ives, dirait-elle. Je me prépare au discours d'encouragement imaginaire. *Ne sois pas conne. Tu n'as pas été *kidnappée. Tu n'es pas retenue contre ta volonté — soyons honnêtes, c'est exactement le contraire. Oui, il y a une chimie folle entre toi et un homme étrange. Il y a pire comme situation. Maintenant, gère ça ! C'est une opportunité unique dans ta vie pour ce qui sera probablement une expérience incroyable, alors détends-toi et PROFITES-EN.*

La vie est courte. Saisis-la par les couilles ! (Pas ses couilles à lui)

(À moins que ce soit son truc.)

(Ça pourrait l'être. Les mecs riches sont des vrais pervers.)

Est-ce que l'obscène richesse te met mal à l'aise ? Oui.

Est-ce que tu veux te faire baiser sans relâche par ce dieu incarné ? Aussi oui.

Super. Bonne discussion. On se voit demain au yoga. Je veux entendre chaque détail croustillant.

J'inspire à nouveau, me sentant plus calme. Elle a raison. Je sais qu'elle a raison. C'est juste une nuit — qu'importe si cet homme représente tout ce que Becks et moi détestons dans ce monde ? Demain, ma vie banale reprendra son cours normal et tout ceci ne sera qu'un souvenir. Un plaisir coupable à me remémorer quand je serai vieille, asexuelle et flétrie, vêtue de ma tunique en coton bio équitable.

À moins que je ne meure ce soir d'extase. Et avec la planète qui brûle, ce ne serait peut-être pas la pire chose qui puisse arriver.

Je suis partante, me dis-je. *Où est-ce que je signe ?*

Monsieur le milliardaire, cependant, semble avoir d'autres idées. Ses couilles ne sont visibles nulle part. Quand il a dit qu'on devrait commencer par un bain, j'ai imaginé qu'il voulait dire qu'on se baignerait ensemble. Au lieu de cela, il me conduit à la suite de salle de bain.

Putain !

Ce n'est pas comme si j'avais grandi dans une cabane — nous avions une maison modeste mais agréable et chaleureuse pendant mon enfance — et je ne suis pas fan des salles de bain luxueuses, mais celle-ci est vraiment incroyable. C'est une œuvre d'art. Un monde à part.

Tellement d'espace. Tellement de blanc. Tellement de marbre délicatement veiné. Une douche à effet pluie dans une cabine en verre si épurée qu'elle en est presque invisible. Des robinets en métal noir mat sans le moindre détail superflu. D'immenses miroirs vintage accrochés au mur comme des œuvres d'art, présentés dans des cadres en bronze patiné ornés, dont les motifs cachemire en forme de plumes et les arabesques se retrouvent dans d'autres parties de la suite. Une douzaine de bougies scintillent, peignant les murs de leur lumière animée.

Un peignoir de soie couleur ivoire m'attend pour après mon bain, dont l'eau fume et bouillonne. Élégante et moderne, la magnifique baignoire est le point focal de la pièce.

Un seau à champagne en argent, rempli de glace, contient une bouteille d'eau minérale pétillante et une bouteille de Dom Pérignon, déjà ouverte et versée dans une longue flûte élégante. Billie Eilish chante doucement depuis les enceintes bien dissimulées.

— Maintenant, dit-il, je sais ce que tu penses.

Je le regarde simplement. Je ne dirais pas que j'étais sans voix, je... ne trouvais simplement aucun mot à ce moment précis. Même *moi*, je ne savais pas ce que je pensais, à part le fait évident que je n'avais vraiment pas ma place ici.

— Tu penses, continue-t-il, que tu ne devrais pas boire d'alcool avec une blessure à la tête.

Je peux honnêtement dire que ce n'était absolument *pas* ce à quoi je pensais.

— Probablement pas, ai-je répondu. Honnêtement, ma santé et ma sécurité personnelles étaient le cadet de mes soucis. J'étais prête à plonger dans cette baignoire et à boire toute cette bouteille de bulles avec ou sans son aide.

— C'est ce que je pensais, dit-il, alors je t'ai aussi pris de l'eau. Comme moyen de... limiter les risques.

J'adore sa façon de dire *limiter les risques*. — Mais tu as déjà ouvert le champagne, dis-je. Ce serait dommage de ne pas en prendre un verre.

— Hmm, acquiesce-t-il. Cela sort comme un doux grognement. C'est vrai. On ne voudrait pas le gaspiller.

— Je suis totalement contre le gaspillage, en général, dis-je.

— Comme il se doit, accepte-t-il en me passant le verre de champagne. Le consumérisme effréné est hors de contrôle.

Je sais qu'il se moque de moi, mais c'est avec affection, et je joue le jeu. En fait, j'ai peut-être commencé. — Mieux vaut qu'on en prenne tous les deux, alors.

— Si tu insistes, répond-il. Il se verse un verre et fait mine de partir.

Reste ! ai-je envie de crier.

Dis-le, je me dis. Mais je me sens soudain timide. Merde.

Dis-le ! La voix de Becks. *Saisis la vie par les couilles, tu te souviens ?*

Je m'étouffe à la première gorgée. À ma décharge, le Dom Pérignon est vraiment pétillant. Je n'ai pas l'habitude du vrai champagne français. Quand Becks et moi célébrons quelque chose, c'est avec un prosecco abordable de Tesco. Points bonus s'il est en promotion avec la carte de fidélité. J'essaie de me ressaisir aussi vite que possible.

Malgré mon malaise — ou *à cause* de mon malaise — monsieur le milliardaire est amusé. — À bien y réfléchir, je ne suis pas sûr qu'on puisse te laisser seule ici.

— C'est vrai, dis-je, ma voix encore rauque à cause des bulles qui sont passées du mauvais côté.

— Il y a beaucoup d'eau dans ce bain. Il fait un geste vers la baignoire. Je ne voudrais pas te perdre.

— Remarque pertinente, dis-je. Tu ne m'entendrais pas me noyer avec la musique.

— C'est décidé, alors. Je reste pour garder un œil sur toi. Juste pour être sûr.

— Excellente décision, dis-je. Mieux vaut être prudent en ces temps incertains.

Il se touche le menton et hoche la tête. — La gestion des risques. C'est un de mes talents.

CHAPITRE 7

Soirée Pyjama

AVANT MÊME QUE j'aie le temps de lui demander de se retourner pour préserver ma pudeur, il le fait de son propre chef. Il tamise les lumières et fait face au mur. C'est une mise en scène, bien sûr, avec ces immenses miroirs au mur. Sachant qu'il m'observe, je prends mon temps pour me déshabiller, redressant mes épaules et rentrant mon ventre pour lui offrir la meilleure vue possible. J'attache mes cheveux pour qu'ils ne soient pas mouillés, tout en mettant en valeur ma poitrine.

Au moment où je termine, je croise son regard dans le miroir, et cette fois, c'est à son tour d'avoir les joues légèrement colorées. Je monte aussi élégamment que possible dans l'eau chaude et bouillonnante. Quand je dis « élégamment », je veux simplement dire que j'essaie de ne pas trébucher et de ne rien casser, surtout après l'incident de la cuvée qui m'a fait suffoquer.

L'eau du bain est si agréable. Elle est à la température parfaite et sent... le luxe. Une sorte de sels de bain de montagne de designer hors de prix, j'en suis certaine. Le genre qu'ils vendent avec des rouleaux en cuivre pour le visage et des œufs de yoni en cristal de l'Himalaya.

Je reprends mon verre et m'assure que mes tétons ne sont pas visibles... pour l'instant.

— Tu es présentable ? demande-t-il.

— Est-ce une question piège ?

Il rit doucement. Mon dieu, j'adore quand il rit comme ça. Je ne suis pas une comédienne, mais ça fait vraiment du bien quand un milliardaire rit de ton esprit médiocre.

Il se retourne et m'observe. Il y a *définitivement* une lueur de désir dans ses yeux, comme la flamme d'une des bougies. Même dans la lumière tamisée, je la vois. Mon propre désir me fait prendre une petite inspiration.

— Comment est l'eau ? demande-t-il sans me quitter des yeux.

— Elle est merveilleuse, je réponds. Je ne réalisais pas à quel point mon corps était... raide.

— Eh bien, tu as fait une chute assez désagréable, dit-il.

J'attends qu'il propose de me masser les épaules ou de me laver le dos, mais il se contente de me fixer, et je peux sentir cette chimie qui se construit entre nous. Ce courant électrique unique qui circule entre nous.

Je n'en peux plus.

C'est trop intense, alors je change de sujet.

Je prends une gorgée de champagne frais, cette fois sans m'étouffer. — Que faisais-tu là-bas ?

Il cligne des yeux. — Où ça ?

— À la manifestation, je réponds.

— Coïncidence, dit-il en détournant le regard.

Menteur.

— Et les explosions ? je demande. Laisse-moi deviner : aussi une coïncidence.

— Je surveille les flux de sécurité pour avoir des mises à jour, répond-il. Jusqu'à présent, ils n'ont pas identifié la cause des explosions. Un expert va se prononcer. Les autorités voudront sûrement s'impliquer. Les explosions étaient petites, dieu merci. Des feux d'artifice de taille industrielle, en réalité. L'important, c'est que personne n'ait été gravement blessé.

L'anxiété envahit soudain mon corps. *Becks !* J'avais été tellement bercée par cet endroit étrange que je n'avais pas réfléchi clairement. — Merde ! dis-je, manquant de laisser tomber mon verre dans l'eau bouillonnante. Je dois faire savoir à mes proches que je vais bien ! Ma meilleure amie va être—

— C'est fait, dit-il calmement.

Je fronce les sourcils. — Qu'est-ce que tu veux dire par *c'est fait* ? Comment ça peut être fait si je ne l'ai pas fait ?

— J'ai pris la liberté, dit-il, sans s'excuser.

— Impoli, je réponds. Arrogant, vraiment.

— Tu pourrais simplement me remercier.

Ma mâchoire se décroche. — Te *remercier* ? Pour avoir fouillé dans mon téléphone ?

— Eh bien. Il inspire profondément et prend une gorgée, l'air suprêmement arrogant. Tu étais inconsciente.

C'était vrai.

— Et j'ai dû utiliser ton téléphone pour voir si tu avais

des problèmes médicaux. Et aussi pour connaître ton nom. Donc, il semblait logique d'informer en même temps tes contacts les plus proches que tu allais bien.

Quand il le présente comme ça, ça ressemble moins à une intrusion et plus à un geste de gentillesse.

Pourtant, je le fusille du regard. — Comment as-tu découvert mon code ?

Il rit à nouveau. Cette fois, ça ne me procure pas une sensation chaleureuse. C'est plutôt un ricanement. Un petit rire condescendant. Et il ne répond pas à la question. Son « équipe de sécurité » pirate probablement des téléphones tout le temps. Il n'y a que les gueux comme moi qui pensent que les codes sont nécessaires pour accéder à un appareil.

— Écoute, dit-il en s'avançant. Comme nous l'avons convenu tout à l'heure, il y aura des choses que je ne pourrai pas te dire, et des choses que tu ne voudras pas me dire. Nous devons tous les deux l'accepter, sinon ça ne fonctionnera pas.

Qu'est-ce qui exactement ne fonctionnera pas ? Notre petite soirée pyjama improvisée ? Non, ce n'est pas ce qu'il veut dire. Il pense à quelque chose de plus.

— C'est tellement condescendant, dis-je.

— Tu peux le voir comme ça, murmure-t-il, ou tu peux le voir comme moi... te protégeant.

Malgré l'eau chaude, je ressens un frisson. — Que veux-tu dire ? Me protéger ? Je n'ai pas besoin de protection.

Je ne vis pas dans son monde de pierres précieuses, de véhicules de luxe et d'œuvres d'art inestimables. Je n'ai rien à voler. Pas de parents riches à qui extorquer de l'argent. Je suis en sécurité.

— C'est là que tu te trompes, dit-il. Que tu le veuilles ou non, nos chemins se sont croisés. À partir de maintenant, tu as besoin de protection.

CHAPITRE 8
La Marée Noire

— JE NE COMPRENDS PAS.

— Alors je vais te simplifier les choses, dit-il en avalant son champagne. Il remplit mon verre, puis le sien. J'ai fait une erreur aujourd'hui en t'amenant ici.

Encore une fois, *grossier*.

Mais en même temps, je ressens le picotement de la vérité. Autant j'adore ce bain incroyable, autant je sais que je n'y ai pas ma place. Je suis une imposture. Je n'appartiens pas à une chambre d'hôtel luxueuse, et je n'ai certainement pas ma place dans la même pièce que cet homme puissant et ridiculement sexy. Les dieux ne se salissent pas les mains avec de misérables paysans.

— Ne te méprends pas, dit-il quand il voit mon visage s'assombrir. Je ne le regrette pas. Pas une seconde. Et je referais la même erreur sans hésiter.

— Alors pourquoi appeler ça comme ça ? je demande. Si tu le referais ?

— Pour la même raison que nous faisons tous des

choses que nous désirons, malgré la connaissance des conséquences.

Désir. Je ressens une chaleur dans mon bassin qui n'a rien à voir avec l'eau du bain.

— Tu réfléchis trop, je déclare. Je pensais qu'on allait simplement passer une belle soirée et tout oublier demain matin.

Ses yeux étincellent, et son expression sévère s'estompe. L'éclat ardent est de retour.

— Quoi ? je demande.

— Ivy Mickelson, dit-il, avec ces flammes dans les yeux. Tu dois bien savoir qu'il serait *impossible* de t'oublier.

Ses yeux. Ses mots. Son désir évident.

Au lieu de discuter, au lieu de poser les dizaines de questions qui envahissent ma tête, je termine ce qu'il y a dans mon verre et le pose soigneusement sur le rebord à côté du seau à glace. J'écarte mes pensées et me concentre sur mon corps. Comment l'eau, encore si chaude, se sent contre ma peau. Comment mes muscles se détendent et mes os semblent légers grâce à l'alcool et aux compliments - et peut-être au traumatisme crânien. Et comment mon intérieur vibre de pur désir pour cet homme nouveau et puissant. Je veux qu'il s'approche de la baignoire, mais il ne bouge pas. Il attend un signal. Je ressens toujours la timidité, mais elle diminue face à mon envie. J'avale difficilement et me pousse assez haut pour que mes tétons percent la surface de l'eau, et qu'il puisse les voir correctement. Sans regarder en bas, je sais que mes seins luisent dans la lumière tamisée.

L'homme exhale de façon audible, un souffle chaud

poussé à travers ses dents, et il s'approche enfin. Il se déplace comme un jaguar. Mon corps frémit déjà avant qu'il ne me touche, mais quand il établit finalement le contact - un doigt léger sur mon épaule - je ressens ce frisson électrique.

Cela ne m'est jamais arrivé auparavant. Ni seule, ni avec d'autres, et certainement pas avec Jeff, dont l'image je chasse rapidement, car s'il y a quelqu'un qui peut étouffer le désir, c'est bien mon ex-petit ami catastrophique.

Ses doigts jouent doucement sur mon épaule. Prenant son temps. Me taquinant.

Si c'était à moi de décider, je serais déjà sortie du bain et penchée sur le comptoir en marbre. Je sais que c'est tout ce dont j'aurais besoin pour exploser.

Mais il fait clairement comprendre que c'est lui qui commande et qu'il prendra son temps, alors je dois attendre.

Ses doigts glissent vers mon cou. Son toucher est si léger, mais chaque nerf de mon corps le ressent. De plus en plus impatiente, je pousse ma poitrine, espérant qu'il la touchera. Je me sens dans le besoin, affamée. Sa main prend ma joue, et il se penche.

Même le baiser n'est pas précipité. D'abord, il m'inspire, sa bouche si proche de la mienne que je peux la sentir, bien que nos lèvres ne se touchent pas. Il sent ma peau tandis que ses doigts voyagent à l'arrière de ma tête et se perdent dans mes cheveux. Quand ses lèvres rencontrent enfin les miennes, je m'y délecte. Je veux rejeter ma tête en arrière, ouvrir grand la bouche et le prendre tout entier, mais je résiste. Au lieu de cela, je suis son exemple alors que nous construisons doucement le désir avec le désir. Lèvres douces et chaudes ; langues glissantes explorant lentement l'une l'autre. C'est si bon, mais j'en veux plus. Je me soulève un peu plus haut hors de l'eau et pousse à nouveau ma poitrine, essayant de le tenter pour qu'il les touche. Il s'éloigne doucement de moi, les yeux toujours enflammés, et sans rompre le contact visuel, il prend un glaçon du seau à vin en argent.

Il tourne son attention vers mes seins, et son expression dit tout.

Les plus beaux seins de Londres.

Je ne tressaille pas quand il touche la glace contre la peau de mon sein. Ce n'est pas le choc froid auquel je m'attendais - c'est plus un petit frisson concentré. Sa main droite enveloppe l'autre sein, son pouce reposant sur mon téton.

Je ferme les yeux et gémis. Je ne peux pas m'en empêcher.

— J'adore ce son, murmure-t-il, la voix rauque.

J'adore ta façon de me toucher, ai-je envie de répondre.

Les yeux fermés, les lèvres entrouvertes, je savoure la sensation du glaçon qui voyage autour de mon sein, souhaitant qu'il touche mon téton sensible, curieuse de découvrir comment cela va se sentir. Il prend son temps pour le faire circuler partout. Je gémis à nouveau. Sa prise sur l'autre sein se resserre, son pouce et son index serrant fort, et au même moment, il pousse la glace contre mon téton.

Je m'exclame. Choc, délice, douleur, plaisir... ils tourbillonnent ensemble, ne me permettant de me fixer sur aucun d'entre eux. Il relâche la pression, et je ris. Je ne peux pas m'en empêcher. C'était intense.

Il pousse ce qui reste du glaçon dans ma bouche, ses doigts sur ma langue.

Il me lance un regard sérieux et m'avertit : « Ne t'étouffe pas », ce qui me donne envie de rire à nouveau, mais avant que je ne puisse le faire, il a mon téton froid dans sa bouche et le suce fort. Presque trop fort. Assez fort pour me faire croire que je vais jouir.

Je m'exclame à nouveau, plus fort cette fois.

Il relâche la pression. Il est comme une mer chaude. Violent et calme et sombre et lumineux.

— Je te veux, grogne-t-il, faisant tressaillir mon sexe. Sans attendre de réponse, il plonge la main dans l'eau - montre coûteuse et tout - et me tire dehors, me soulevant par-dessus le bord de la baignoire et me serrant contre sa poitrine alors qu'il me porte jusqu'à la chambre. L'eau trempe ses vêtements, mais s'il s'en soucie, ça ne se voit pas.

Ses muscles ondulent, et sa tendresse a disparu. C'est maintenant la marée noire. Il me jette sur le lit et je savoure d'être ballottée comme son jouet. Il est le jaguar noir et je suis sa proie. Je veux sentir son poids sur moi. Je veux être écrasée par lui. Ses yeux brillent ; ses dents sont blanches. Je veux qu'il me dévore complètement.

Une partie de moi s'attend à ce qu'il demande si c'est correct.

Tu veux faire ça ?

Je peux te toucher comme ça ?

Mais ce n'est pas son style. Un jaguar ne demande pas le consentement à sa proie. De plus, mon corps détient toutes les réponses à ses questions non posées.

Oui, c'est correct.

Je veux faire ça.

Si tu ne me touches pas, je crois que je pourrais mourir.

Il y a un bruit de fouet. Je lève les yeux pour voir qu'il a enlevé sa ceinture. Je ressens un frisson. J'espère qu'il ne va pas l'utiliser sur moi. En quelque sorte.

Je suis tellement excitée à ce stade que j'accepterais probablement n'importe quoi. Je n'ai jamais été portée sur les fantasmes, mais cet homme pourrait changer ça.

Cet homme, je réalise alors qu'il m'attrape, pourrait tout changer.

CHAPITRE 9
Te Dévorer

IL ENLÈVE ses derniers vêtements et tend les mains vers moi. Je pense qu'il va m'embrasser à nouveau, mais au lieu de cela, il attrape mes jambes et me tire jusqu'au bord de l'immense lit. Il s'agenouille sur l'épais tapis et écarte mes cuisses pour que je sois complètement exposée. D'habitude, je me sentirais un peu mal à l'aise d'être si ouverte, mais je suis tellement excitée que j'en savoure chaque instant.

— Putain, dit-il en me regardant. Tu es tellement belle, putain.

Je me sens belle. Je me sens plus sexy que jamais dans ma vie. J'inspire profondément et commence à caresser mes seins, qui sont maintenant ultra-sensibles.

Il approche mon sexe de la même façon qu'il a approché ma bouche. Trop lentement. Trop doucement. Je sens son souffle chaud sur mes lèvres intimes et j'ai envie de plaquer son visage contre moi.

Respire, me dis-je. *Respire.*

Mais c'est difficile de respirer quand on est en feu.

Veut-il que je le supplie ? Parce que je le ferai. Je ferai n'importe quoi. Je m'humilierai pour sentir sa bouche sur moi.

Il tourne son visage sur le côté et mord l'intérieur de ma cuisse. Ça me tue presque. Ma peau est si sensible que même une petite morsure taquine m'aurait fait crier, mais c'est plus que ça. Sa bouche est accrochée à ma peau, mordant et suçant jusqu'à ce que ce soit presque insupportable. Il change de côté et me fait un suçon là aussi.

Puuutain.

Je commence à m'inquiéter. S'il va être aussi vorace avec mon sexe, je vais exploser. Je vais crier si fort que l'équipe de sécurité va accourir. Mon Dieu, je vais crier si fort que même l'équipe d'événementiel pourrait accourir. J'ai peur qu'il continue ; j'ai encore plus peur qu'il s'arrête.

Il relâche la succion sur ma cuisse, laissant sans doute une belle marque, et se dirige lentement vers mon sexe. Je ferme les yeux, nerveuse, et l'instant d'après sa bouche est entièrement sur moi.

Putain.

Chaude, douce, tendre, ses lèvres et sa langue massent mes lèvres intimes. C'est une sensation enveloppante, complète, captivante. Toute chaleur et jutosité sans aucune des arêtes dures et froides de la titillation précédente. Sa bouche fait des cercles généreux, construisant par-dessus un désir que je croyais déjà à son maximum. Mais non, c'était un nouveau record. Montant et montant, je sens mon sang circuler dans tout mon corps, faisant rougir ma vulve, gonflant mon sexe.

Il gémit de plaisir évident. C'est délicieux. Je m'ouvre à lui, gonflant là, sur sa langue. Je respire, essayant d'empêcher mon orgasme d'arriver trop tôt. Je ne veux pas que ça s'arrête.

— Tu as un goût tellement bon, gémit-il. J'ai juste envie de... te dévorer.

Sur ces mots, il enfonce sa langue profondément en moi.

Putain ! Tout mon corps s'embrase. C'est comme des feux d'artifice sous ma peau, et je n'ai même pas encore joui. Mon corps est un chaos lumineux de sensations. Ça ne peut sûrement pas être meilleur que ça ?

Mais ensuite il utilise ce pouce magique — celui avec lequel il a pincé mon téton — et je le sens, chaud et doux, sur mon clitoris. Ça semble si juste, comme s'il était destiné à être là depuis toujours, et je ne veux jamais qu'il parte. Il sait à quel point il est sensible maintenant, après tous ses jeux. Il sait qu'il a à peine besoin de le toucher pour me rendre folle. Mais il ne va pas me laisser m'en tirer aussi facilement. Il glisse un doigt en moi, le recourbe vers le haut et frotte. Je halète face à l'intensité, et mon orgasme arrive. Je ne peux plus le retenir. Il est là, et il le sait. Il garde son doigt en moi, continue de caresser pendant qu'il me tire par les épaules pour m'embrasser. C'est un baiser brutal, sexy en diable. Je sens sa langue, ses dents et ses doigts, et je suis sur le point d'exploser.

— Je vais jouir, dis-je, directement dans sa bouche. Il gémit dans la mienne et me doigte plus fort, plus vite.

— Puuutain, je crie. Nous nous embrassons toujours, gémissant dans la bouche l'un de l'autre. Mon orgasme arrive lentement et *fort*. Je gémis sous sa puissance. *Putain !*

Je perds le contrôle de mon corps, et je m'en fiche.

Seul compte cet orgasme total. Juste au moment où je pense que le plaisir diminue, il glisse plus de doigts en moi et me baise avec, et une autre vague du plaisir le plus divin m'emporte.

C'est si intense que je suis surprise d'être encore consciente. Je ne serais pas étonnée de glisser dans un coma post-coïtal. Je suis complètement épuisée.

Lui, cependant, ne l'est pas.

Il attrape mon corps inerte et me retourne pour que je sois allongée sur le ventre, puis il soulève mes hanches. Je suis à quatre pattes, lui tournant le dos. Je ne peux pas supporter plus de plaisir. Je suis complètement vidée. Mon sexe est tellement gonflé et humide que je pense qu'il ne pourra peut-être pas me pénétrer. Peut-être que je devrais l'aider à—

PUUUTAIN !

Il s'enfonce en moi, et je vois des étoiles. Je le sens énorme. Je jouis à nouveau, soudainement et sans avertissement, un bulldozer d'orgasme qui me percute. Je n'ai jamais, jamais—

Une autre vague de plaisir, cette fois une sensation plus complète dans tout le corps, puis une autre alors qu'il continue. Ses mains sont sur mes hanches, lui donnant l'élan nécessaire pour s'enfoncer profondément. J'arrête de compter les orgasmes.

Je n'ai *jamais* eu de sexe comme ça avant. Ses doigts voyagent jusqu'à mon clitoris à nouveau, m'incitant à jouir une dernière fois. Je gémis, serre les dents, ferme les yeux et contracte mon plancher pelvien aussi fort que je peux alors qu'il me pilonne. Il gémit. Il est proche, maintenant. Juste au bord.

Merde alors. Putain de merde !

Je hurle littéralement lorsque l'orgasme final s'empare de mon corps. Je sens mon sexe se resserrer autour de sa queue, et pourtant il continue de s'enfoncer en moi, plus profond, au plus profond, m'envoyant au septième ciel. Des étoiles, des flashs lumineux, l'obscurité. Il crie. Je le sens jouir en moi — un volcan qui entre en éruption — son corps musclé agrippant le mien alors que nous tremblons l'un contre l'autre.

CHAPITRE 10
Gestion des risques

JE SUIS ALLONGÉE dans le lit d'hôtel, sans voix. Ce n'est pas une exagération. Je suis tellement comblée, tellement épuisée, que je n'ai plus aucun mot. Que pourrait-on dire ? À quoi servent les mots face à des sensations aussi primitives que celles que je viens de vivre ? Les mots ne sont rien. Les concepts sont insignifiants. Les sensations sont tout. Même en ce moment, être enlacée dans ce lit luxueux est meilleur que n'importe quelle idée que je pourrais concevoir.

Il m'apporte de l'eau et me borde, et je pense : *C'est maintenant qu'il va m'embrasser sur le front et partir.*

Mais il reste.

Il s'assure que j'ai chaud puis se glisse derrière moi, m'enveloppant silencieusement dans ses bras comme si nous étions de vieux amants.

Tu vois ? Pas de mots. Sauf peut-être pour lui dire que c'était le meilleur sexe que j'aie jamais eu de ma vie. C'était tellement au-dessus de tout ce que j'avais expérimenté jusqu'à présent que j'ai l'impression qu'il a, d'une certaine façon, pris ma virginité. Bien sûr, je ne le dirai pas à voix haute. C'est déjà un milliardaire ; il n'a pas besoin de plus de grain à moudre pour son ego.

C'était si bon, j'imagine me confier à Becks, *que je n'ai plus jamais besoin d'avoir de relations sexuelles de ma vie. Jamais.*

On ne peut pas revenir à des loosers comme Jeff après qu'un homme comme celui-ci vous ait prise corps et âme, même si ce n'est que pour une nuit.

— Je vais à la douche, dit-il doucement. Je peux te rapporter quelque chose ?

Si je n'étais pas si épuisée, je dirais : « Un autre round, s'il te plaît. » Je palpite et je vibre encore. Au lieu de cela, je me tourne pour le regarder. Je me redresse pour contempler ses yeux, son visage, son corps. — C'était incroyable.

— Je vise toujours la satisfaction, répond-il, les yeux plissés.

— J'aimerais que tu ne sois pas milliardaire, je lâche sans le vouloir.

Il ne cache pas son expression amusée. — Comment sais-tu que je suis milliardaire ?

Parce que j'ai compris qui tu es. Pour être honnête, c'était assez évident depuis le début.

Parce que je connais mes ennemis.

Parce que tu portes des t-shirts à 500 £ et que tu les jettes quand tu as du sang de manifestant dessus.

— Parce que je suis médium, je réponds. Ton talent est la gestion des risques. Le mien est de voir dans l'âme des autres.

— Surtout dans l'âme des milliardaires ? demande-t-il.

— Oui, je réponds en me levant.

— Dis-moi, alors, dit-il en attrapant mon poignet, que vois-tu ?

Mais je décide que je ne veux plus jouer à ce jeu.

Cela signifierait mettre fin à ce que nous avons.

Au lieu de cela, je retire sa main et le pousse sur le lit.

— Je te bats à la douche, dis-je, et je m'élance.

Il est si rapide. Il bondit du lit avant même que j'aie quitté la pièce. Je pousse un cri et atteins la douche juste avant lui. Il me rattrape et me fait pivoter, me plaquant contre la vitre, avec un sourire de chasseur sur les lèvres.

— J'ai gagné, dis-je, à bout de souffle, relevant le menton vers lui, espérant qu'il m'embrassera.

Il prend mon menton, son pouce appuyant dessus, et plonge son regard dans mes yeux.

— Tu as gagné, admet-il d'une voix grave. Maintenant, il est temps de recevoir ton prix.

Il me soulève et m'emmène dans la douche.

Il me salit – et je dis ça dans le meilleur sens du terme – puis me nettoie avec de tendres mouvements savonneux. La douche entourée de verre, qui semblait surdimensionnée auparavant, prend maintenant tout son sens. Après, il sèche ma peau avec la serviette la plus douce que l'homme ait jamais connue. Il s'arrête sur une vieille cicatrice, comme s'il était sur le point de me questionner à ce sujet, puis se ravise et continue. Intérieurement, je soupire de soulagement. Quand il atteint mon visage, il prend soin d'éviter le pansement sur ma tempe.

— Ce n'est pas ta faute, tu sais, dis-je, parce que j'ai repéré l'éclair de culpabilité qui traverse son visage.

Il grogne en réponse. Un ours brun non-engagé.

Je suis d'accord. Moins on en dit sur l'incident, mieux c'est. Juste pour l'instant. Juste pour que nous puissions profiter du temps qu'il nous reste, parce qu'une fois la vérité dévoilée, tout sera terminé.

Une fois qu'il est satisfait de me voir assez sèche, il m'enveloppe dans le peignoir et sort son téléphone.

— Penthouse. Oui. Plus de champagne, s'il vous plaît. De la cave millésimée. Il éloigne le téléphone de son oreille. — Tu as faim ?

J'acquiesce, peut-être un peu trop frénétiquement, ce qui le fait sourire d'un air narquois. Le service d'étage ! Je meurs de faim. J'adorerais manger une pizza au lit avec lui. Le paradis.

Mais quand la nourriture arrive, ce n'est pas une pizza. Bien sûr que ce n'est pas une pizza. Et ce n'est pas au lit.

Une table entière est amenée sur roulettes, garnie d'une nappe blanche amidonnée et de cinq cloches en bronze hautement polies recouvrant de petites assiettes. Des petits pains artisanaux chauds, du beurre infusé, des couverts élégants en cuivre. Il approuve l'étiquette du champagne et le serveur ouvre la bouteille avec un léger pop tandis que le garde du corps observe.

— Oh, dis-je, essayant de rester cool, mais ma bouche salive rien qu'à regarder la table.

J'aime la nourriture. J'ai toujours aimé la nourriture,

mais j'ai rarement les moyens de manger au restaurant. Déjà, acheter des produits bio suffit à ruiner le paysan moyen. Mais je peux toujours rêver.

Un jour, je me dis toujours. *Un jour.* Même si je sais que ça n'arrivera jamais, parce que même si par miracle j'avais un jour l'argent, la culpabilité de manger un repas étoilé me resterait en travers de la gorge. Quand on sait qu'une famille défavorisée peut acheter des courses pour une semaine au prix d'une entrée gastronomique, manger au restaurant ne peut plus jamais être pareil.

Le serveur est congédié avec ce que je devine être un généreux pourboire, vu l'air surpris sur son visage. Le garde du corps l'accompagne et verrouille la porte derrière eux.

Mon milliardaire et moi nous asseyons à table et pendant une seconde, je pense que ce pourrait être gênant de dîner avec lui. Nous ne nous connaissons pas plus que le loup blanc, et nous vivons dans des mondes si différents que je suis sûre que nous n'aurons rien en commun, et rien sur quoi nous accorder. Sans parler de la gêne de savoir que son visage était enfoui dans mon entrejambe il y a à peine une heure.

— Tu sembles avoir chaud, dit-il, d'un ton joueur. Tiens, prends un peu de champagne pour te rafraîchir.

Je prends le verre et lui souris. Il doit savoir à quoi je pensais. Il soulève les cloches pour révéler cinq assiettes de nourriture. Elles sont absolument magnifiques. De véritables œuvres d'art.

Il a l'air moins impressionné que moi. Ce n'est qu'un repas standard d'hôtel pour lui.

— Ça a l'air incroyable, dis-je, pour le tester.

— Ça fera l'affaire, répond-il en secouant sa serviette et en la posant sur ses genoux. Je fais rapidement de même.

— Je sais qu'on est dans ce truc furtif, dis-je, mais j'ai besoin de t'appeler *quelque chose.*

— Pourquoi ? demande-t-il en mordant dans une ciabatta aux olives beurrée. Je fais de même. C'est chaud, croustillant et salé. Kalamata et romarin. Sel de mer. Et le doux beurre aromatisé est juste parfait. Si c'était tout ce qu'il y avait pour dîner, je serais heureuse.

Il marque un point concernant son nom, mais j'insiste. — Parce que j'en ai *besoin*. En plus, ce n'est pas juste. Tu connais *mon* nom.

— Tu peux m'appeler comme tu veux, dit-il en haussant les sourcils d'un air suggestif. Je suppose qu'il pense à quelque chose comme *daddy*.

— Ce n'est pas vraiment ce à quoi je pensais, je réponds.

— Mes amis m'appellent Al, dit-il.

Je manque de m'étouffer à nouveau, cette fois avec du pain. Je me reprends juste à temps, et ce qui était presque un crachat se transforme en rire.

— *Al ?* je ricane. Tu viens d'inventer ça.

— Pas du tout.

— Al ne te va pas du tout. Al, c'est comme le nom d'un oncle avec une bedaine et une calvitie. C'est le vice-capitaine d'une ligue de bowling.

Il rit. — Qu'est-ce qui ne va pas avec la calvitie ?

— Je ne parle pas d'une voiture, dis-je. Je parle de sa coiffure.

Al rit encore.

Al.

Un Al ne m'aurait pas démolie au lit. Je secoue la tête. — Tu n'es définitivement pas un Al.

— D'accord, répond-il. C'est toi qui es obsédée par le fait que j'aie un nom. Choisis-en un.

— Ça ne marche pas comme ça, dis-je.

— Les choses marchent comme tu veux qu'elles marchent, répond-il. La réalité se plie.

— Bien sûr, j'acquiesce. Quand on est milliardaire, j'imagine que c'est vrai.

— C'est la deuxième fois que tu m'appelles milliardaire.

— Désolée, je réponds. *Pas désolée.* Tout ça est nouveau pour moi.

J'ai des milliers d'euros de dettes étudiantes, un appartement pourri que je peux à peine me permettre, et un travail qui paie des cacahuètes. Dîner *avec un milliardaire* est quelque chose d'extraordinaire.

— Je m'appelle Alistair Gregory, dit-il. Mais seule ma mère m'appelle comme ça.

— Quand tu as des ennuis ? je demande.

— Oui, rit-il. Et j'ai toujours des ennuis.

Je n'y crois pas une seconde. — Tu veux dire que tu *causes* des ennuis. C'est très différent.

— J'imagine que oui.

Alistair le Grand. Ça lui va certainement mieux qu'Oncle Al.

— Je ne peux pas t'appeler Alistair Gregory, dis-je. Ça semble un peu formel étant donné nos... relations. Et je ne peux certainement pas t'appeler Al, ou il n'y aura *plus de* relations.

Il me sert du saumon fumé à froid, de la crème fraîche et du caviar. Il moud des grains de poivre rouge sur le délicat poisson rose pendant que je prends une gorgée de champagne. Il est si sec qu'il disparaît pratiquement dans ma bouche.

— Je vais donc t'appeler Alistair, je continue avec hésitation. Si ça te convient.

— Dis-le encore.

— Alistair. La pointe de ma langue caresse mon palais quand je prononce son nom.

— Hmm, grogne-t-il en plongeant son regard dans le mien. J'aime la façon dont ça sonne dans ta bouche.

Un frisson me parcourt la colonne vertébrale. *Moi aussi, Alistair. Moi aussi.*

La nourriture est délicieuse. Les portions sont modestes, et nous vidons les assiettes. Poivrons et aubergines rôtis marinés, câpres géantes, carpaccio d'autruche avec une huile d'olive fraîche et vive qui a le goût d'herbe verte. Une salade de roquette et de tomates avec des copeaux d'un fromage italien dur. Une petite quiche aux épinards et à la feta avec une croûte beurrée, garnie d'oignons caramélisés au balsamique. À première vue, les plats étaient joliment présentés mais pas extraordinaires, mais les ingrédients étaient si frais que chaque bouchée était incroyable. Je m'en délectais.

— Si bon ! je m'exclame, utilisant mon dernier morceau de pain pour nettoyer la flaque de vinaigrette dans mon assiette. Je ne prends pas la peine de cacher mon appréciation.

— J'ai apprécié, acquiesce Alistair. Mais j'ai encore plus aimé te regarder manger.

— J'adore la nourriture, j'avoue.

— Je peux le voir, répond-il.

Je ris et lui lance ma serviette, renversant presque son verre. Il l'attrape avec des réflexes fulgurants.

— Tes manières à table, par contre, dit-il, secouant la tête en feignant la désapprobation.

— Oh, je sais, dis-je, prenant un accent snob. Mes manières sont terribles. Je n'ai jamais fréquenté de pensionnat de bonnes manières.

Sa mâchoire se crispe. J'espère qu'il pense : *Je vais te montrer comment finir proprement.*

— D'un autre côté, je le taquine, abandonnant mon accent en me rappelant comment il m'a dévorée au lit. *Tes* manières de table semblent excellentes.

— Oui, eh bien, c'est ce qui arrive quand on fréquente le meilleur internat du pays.

Je pense qu'il a manqué ma connotation obscène – probablement pour le mieux – mais il ajoute : — Mes autres compétences, cependant, ont été perfectionnées ailleurs.

Je n'aime pas trop l'idée qu'il ait *perfectionné ses compétences ailleurs*, mais j'apprécie qu'il les possède. Ce n'est pas comme si on pouvait devenir *si* bon au lit par magie. Alistair a clairement eu beaucoup de pratique dans ce domaine.

CHAPITRE 11
Le Animal de Compagnie du Milliardaire

LE REPAS TERMINÉ, la bouteille de nouveau vidée, Alistair pousse la table de côté et nous prépare un chocolat chaud pendant que je me glisse dans le lit. Il me rejoint sous les couvertures et nous nous adossons contre d'énormes oreillers pour le déguster ensemble.

— C'est officiel, je déclare. Tu m'as gâché le chocolat chaud pour le restant de mes jours.

— Je te demande pardon ?

— C'est *tellement bon*, dis-je. Si noir et velouté, et pas trop sucré. Je ne pourrai plus jamais boire de chocolat chaud ordinaire.

— Dans ce cas, dit-il en posant sa tasse, tu ferais mieux de rester ici. Le bon chocolat chaud est ici. Le reste du monde derrière cette porte... Il secoue la tête. Franchement, tu ne veux pas savoir. Mieux vaut ne pas prendre de risque.

Il s'allonge sur le côté, la tête appuyée sur son coude, me regardant.

— Tu m'invites à... passer la nuit ? je demande. Je veux

dire, tu sais, pour dormir ? Je ris maladroitement. Je ne fais pas ce genre de choses d'habitude ; je ne sais pas comment ça marche.

— Oui. Sa main sur mon genou est rassurante, comme s'il disait : *Ne te sens pas mal à l'aise, je veux que tu restes.* Je t'invite à dormir ici.

— Dieu merci, dis-je. Parce que je suis sûre d'avoir raté le dernier métro.

Je plaisante à moitié. Je sais qu'il paierait un taxi si j'en avais besoin. J'essayais juste de dédramatiser la situation. C'est juste un endroit pour dormir, et ensuite je disparaîtrai de sa vie pour toujours.

Il ne sourit pas. En fait, il a l'air un peu trop sérieux à mon goût. — Je ne pense pas que tu comprennes.

Mon estomac se noue.

— Je t'invite à dormir ici... aussi longtemps que tu le voudras. Ou plutôt, pour autant de nuits que tu le désireras.

Je plisse les yeux en le regardant. Je ne m'attendais pas à ce qu'il dise ça. Ce n'était pas le plan.

— Ce n'était pas le plan, je lâche.

— Les plans changent.

Apparemment, oui. Il devrait le savoir, après tout. C'est lui qui se dit planificateur professionnel.

— Euh, je marmonne, pas sûre de quoi faire. La seule raison pour laquelle j'ai sauté sur cette occasion, c'est que c'était une expérience unique. Je pouvais mettre mes scrupules en suspens pendant vingt-quatre heures. Égarer temporairement ma boussole morale. Mais tout ce qui viendrait après serait une... décision. Comme voter pour ce mode de vie opulent, consumériste et avide dont je suis farouchement contre.

— Tu n'as pas besoin de décider maintenant, dit Alistair en pressant mon genou. Dors là-dessus.

— D'accord, je murmure.

— D'accord, tu restes ?

— D'accord, je vais y réfléchir, je réponds.

— Excellent, réplique-t-il, prêt à passer à autre chose. Mais j'ai des questions.

— Comment ça fonctionnerait, en fait ?

— Eh bien, dit-il, feignant un sérieux absolu, tu t'allonges. Tu poses ta tête sur l'oreiller...

Je le frappe sur la cuisse. — Je suis sérieuse.

— Qu'est-ce que tu veux dire par « comment ça fonctionnerait » ? La cuisine est entièrement approvisionnée, au cas où tu te lasserais du service d'étage. La salle de bain devrait avoir tout ce dont tu as besoin. Je te donne la carte-clé. Tu vas et viens comme bon te semble.

— Et toi, tu seras... ?

— Je serai au travail.

— Mais tu... viendras ?

Ses sourcils s'arquent de manière suggestive. — Seulement si tu le souhaites.

— Mais je veux dire, tu ne resteras pas ici ? Tu n'y vivras pas ?

— J'ai mon propre appartement.

— Donc tu me garderas ici pendant quelques jours... comme un... *animal de compagnie* ?

— Oh, dit-il, sa voix descendant d'une octave. J'aime bien l'idée.

L'Animal de Compagnie du Milliardaire. Voilà un titre de roman d'amour auquel je ne m'attendais pas.

— Autant j'adore putain d'aimer l'idée que tu sois mon *animal de compagnie*, répond Alistair, je ne pense pas que ça durerait. Bientôt ton intelligence et ton indépendance émergeraient et gâcheraient tout.

Je le frappe à nouveau.

— Plutôt comme une maîtresse secrète, alors, je suggère.

— C'est plus ça. J'aime encore plus cette idée. J'ai toujours voulu une maîtresse secrète.

— Non, c'est faux, dis-je.

— Non, c'est faux. Tu as raison. Mais maintenant, j'en veux une.

— D'accord, dis-je, sans trop réfléchir. Si je réfléchis trop, la réponse sera non. Et malgré mes appréhensions et les conséquences possibles, je veux que la réponse soit oui.

— D'accord, tu seras ma maîtresse secrète ? dit-il, vérifiant que nous sommes sur la même longueur d'onde.

— Oui, Alistair, dis-je. Je serai ta maîtresse secrète.

Il sourit.

— Mais seulement pour quelques nuits, je précise. Juste jusqu'à ce que je réalise quelle erreur colossale j'ai commise.

— Marché conclu, dit-il en me caressant. Mon petit animal.

~

Nous regardons un film ensemble, mais je n'arrive pas à me concentrer sur l'histoire parce que je fais de mon mieux pour ne pas sourire d'une oreille à l'autre comme l'idiote du village qui a obtenu un repas gratuit. Je vais pouvoir rester dans ce palace quelques jours de plus. Plus important encore, je vais pouvoir coucher avec Alistair à nouveau, ce qui me donne des picotements dans tout le corps. Je n'en reviens pas de ma chance.

Ce n'est pas *que* des bonnes vibrations, cependant. Une partie du frisson vient du danger, car aussi naïve que je prétende être, je sais que les choses pourraient devenir très compliquées, très rapidement.

CHAPITRE 12

L'Offre

L'ODEUR du café me réveille. Ça n'a pas de sens. Pourquoi est-ce que je sens du café alors que je dors encore ? D'habitude, je dois me traîner jusqu'à ma... Oh. Dès que j'ouvre les yeux, tout me revient. La manifestation pour le climat, les explosions, le sang sur le béton.

La chambre d'hôtel.

La baignoire.

Le milliardaire.

L'offre.

— Bonjour, ma belle, dit Alistair.

Il porte une tenue de sport noire et fine qui met en valeur ses pectoraux. Ses biceps ne sont pas mal non plus.

Je n'ai pas rêvé ces bras.

— Merci pour le café, dis-je d'une voix rauque. Tu vas courir ?

— Musculation, dit-il. Je viens de terminer.

Il ne transpire même pas. Il quitte ses vêtements de sport flatteurs pour un tableau encore plus flatteur. Je ne peux m'empêcher de regarder son corps nu et sculpté.

C'est une pure merveille. Je ressens un distinct frémisse-
ment qui me fait me redresser dans le lit et saisir mon
café.

— Des réflexions ? demande-t-il.

Je rougis. — Des réflexions sur quoi ?

Il hausse les épaules. — N'importe quoi.

— Euh, dis-je, l'esprit soudain vide. Je peux difficilement lui dire à quel point je le trouve sexy. À quel point je
n'arrive pas à croire à ma chance d'être ici. Comment les
souvenirs de la nuit dernière vont me durer toute une vie,
et très probablement gâcher ma vie sexuelle pour
toujours.

— Non, pas de réflexions, dis-je en souriant par-
dessus ma tasse.

Il me sourit malicieusement, puis se dirige vers la
douche.

Je reste assise là, me demandant dans quoi je me suis
fourrée. Je ne regrette pas ma décision de rester. Loin de
là, surtout après avoir contemplé ces abdos, mais en
même temps, je sais qu'il y aura des conséquences.

Pour l'instant, j'ai besoin de mon téléphone. Je dois
organiser ma vie. Et je devrai récupérer quelques vêtements avant que mon cours de yoga ne commence.

La sonnette de la porte me fait sursauter.

Le service d'étage, je suppose. Le petit-déjeuner.

Je saute du lit et me dirige à travers la suite vers la
porte d'entrée. Quand je l'ouvre, c'est l'un des gardes de
sécurité.

— Madame, dit-il respectueusement, et il me tend
une grande boîte en carton.

— Merci, dis-je, incertaine, et il hoche la tête. Mes

mains sont pleines, alors il ferme la porte pour moi. Je pose la boîte sur la table de la salle à manger. L'étiquette dit IVY MICKELSON.

Confuse, et probablement encore à moitié endormie, je reste simplement là à la regarder.

— Elle ne s'ouvrira pas toute seule, dit Alistair derrière moi, me faisant sursauter.

— Bon sang, m'exclame-je, la main sur la poitrine. Tes parents ne t'ont jamais appris à ne pas surprendre les gens ?

Il hausse les épaules. — Désolé. Je pensais que tu m'aurais entendu arriver.

Pas sur ces tapis ; ils sont si épais qu'ils étoufferaient le bruit d'un taureau au galop.

— Qu'y a-t-il à l'intérieur ? je demande, mon regard revenant à la boîte.

Il va au tiroir de la cuisine et récupère un couteau, puis me le tend. — Juste quelques petites choses pour te rendre plus à l'aise ici.

J'hésite.

— Vas-y, m'encourage-t-il.

J'ouvre la boîte d'un coup de couteau. À l'intérieur se trouvent divers colis, que je commence à ouvrir. Le plus gros est un tapis de yoga Mantra Marble. Putain. Je fais toujours du lèche-vitrine chez Mantra, mais je ne peux jamais me résoudre à payer les prix exorbitants qu'ils demandent.

— Merci, dis-je. Comment savais-tu ?

— Ton corps, répond-il. On n'a pas un corps comme ça à moins d'être sérieux au sujet du yoga.

— Ou du pilates, dis-je.

— Non, tu es du genre yoga. Ça se voit à des kilomètres. Et puis, il n'y a que les hippies qui assistent à ce genre de manifestations.

Malpoli. — Tous les yogis ne sont pas des hippies, je le réprimande.

— Bien sûr. Ce qu'il veut dire, c'est : *Ne nous disputons pas.*

En plus d'adorer le tapis de yoga – il est magnifique – j'apprécie également le fait que je n'aurai pas à passer par mon appartement avant le cours. Je n'aurai pas à me presser. J'ai le sentiment qu'il le savait quand il l'a commandé, car le colis suivant contient des leggings et des hauts, et le suivant des vêtements décontractés. Du denim, des chemisiers et une petite robe noire. Il y a aussi de la lingerie à la taille parfaite. De la crème hydratante, du déodorant, des tampons.

Je ris. — Tu es doué. Tu es vraiment doué.

Une enveloppe me fait m'arrêter net. Elle est remplie d'argent.

Je fronce les sourcils vers Alistair. — Qu'est-ce que c'est ?

Non seulement l'enveloppe est bourrée, mais elle est bourrée de billets de 100 £. Ma bouche reste ouverte.

— Ah, dit-il. J'ai remarqué que tu n'avais pas d'argent liquide sur toi.

— Et alors ?

Il hausse les épaules. — Alors... je t'en ai procuré.

— Est-ce que c'est... transactionnel ? Je ne sais pas comment le formuler autrement. Est-ce qu'il me payait pour ma... compagnie ?

Alistair rit doucement. — Transactionnel ? Tu veux

dire si je te paie pour être ma maîtresse secrète ? Non. Ce n'est pas mon style.

Bien sûr, Alistair est tellement sexy qu'il n'aura jamais à payer pour du sexe.

— N'y vois rien de plus, dit-il. J'aime prendre soin de toi. Je veux que tu aies de l'argent quand tu en as besoin.

Mes yeux sont encore écarquillés quand il regarde dans la boîte.

— Il y a une dernière chose là-dedans, note-t-il.

C'est mon téléphone, mais il est accompagné d'un tout nouveau.

— Toutes tes données personnelles sont sur le nouveau, dit-il. Tu ne devrais pas avoir à transférer quoi que ce soit.

— C'est trop, dis-je.

— As-tu *vu* ton ancien téléphone ? demande-t-il. Son ton est léger. Ce n'est pas grand-chose pour lui, alors pourquoi en faire toute une histoire ?

— Il est vieux. Il a quelques rayures, j'admets. Quelques fissures sur l'écran.

Alistair s'esclaffe. — Quelques fissures ? Je me suis fait une écharde de verre dans le doigt quand j'essayais de trouver ton contact d'urgence.

— Tu exagères, dis-je, mais je ris aussi.

— Pas *du tout*. Quoi qu'il en soit, pas de pression. Le nouveau est à toi si tu le veux.

Je prends la décision rapide de ne pas être pénible. — Je le veux, dis-je. Merci.

— Bien. Maintenant je peux t'appeler sans craindre que tu ne te coupes simplement en répondant.

— Pfff, réponds-je tout en admirant le nouveau mobile. Quel drama queen.

— Je vais te montrer ce qu'est du drama, prévient-il. Que fais-tu ce soir ?

— Je ne sais pas, dis-je. Je suppose que je serai ici, à t'attendre, comme une bonne prostituée. Je veux dire animal de compagnie. Je veux dire... *maîtresse*.

Il soupire d'une manière *très* sexy. — Dans ce cas, je suppose que je vais devoir donner le meilleur de moi-même.

— J'ai déjà vu le meilleur de toi, je réponds, mon corps frémissant d'anticipation.

Les yeux d'Alistair brillent d'une façon qui me donne envie d'exiger son « meilleur » ici et maintenant. Il sourit d'un air narquois. — Non, tu ne l'as pas encore vu.

CHAPITRE 13

Quatre minutes et demie

APRÈS QU'ALISTAIR soit parti au bureau, je mets Taylor Swift à fond et danse dans tout le penthouse. Bien sûr que je le fais. Je me sens comme Julia Roberts dans *Pretty Woman* quand Richard Gere lui demande de rester pour la semaine. Ça va être *amusant*.

Est-ce que j'ai encore des doutes ? Bien sûr. Je ne suis pas *si* naïve. Mais aussi – tant pis ! Qu'est-ce qu'une semaine dans le grand schéma des choses ? J'ai des tonnes de semaines devant moi – le reste de ma vie – pour être responsable, respectueuse de l'environnement, et avoir des rapports sexuels décevants.

Cette semaine est une anomalie. Un cadeau de l'univers.

Peut-être même un cadeau longtemps désiré dont je ne pensais pas avoir besoin, comme le nouvel iPhone qui est non seulement magnifique à regarder, mais qui fait un travail remarquable pour jouer du Swift.

La sonnette retentit. *Ça* doit être le service d'étage. Je

baisse la musique et me précipite pour ouvrir, espérant des croissants et du café. Je m'habitue déjà beaucoup trop à tout ça. Le petit-déjeuner à la maison est généralement une très ordinaire tranche de pain grillé. Du pain sec, parce que les beurres d'oléagineux sont terribles pour l'environnement et le vrai beurre est pire. La margarine est un péché à tous les niveaux. Je déteste la confiture – surtout la confiture de fraises – à cause d'un traumatisme de maternelle, alors la plupart du temps, c'est du pain grillé sec englouti avec du thé chaud.

Quand j'ouvre la porte, il n'y a ni viennoiseries, ni café.

— Madame, dit l'agent de sécurité qui m'a remis la boîte plus tôt.

— Bonjour ! J'aimerais qu'il porte un badge avec son nom. C'était le même type que la veille.

— Si vous comptez toujours assister à votre séance aujourd'hui, nous devrons partir dans cinq minutes pour être à l'heure.

Quoi encore ? — Ma séance ?

Mais avant qu'il ne réponde, ça me revient. Le yoga !

— Merde ! je m'exclame, les yeux écarquillés, cherchant une horloge sur le mur et la trouvant. *Merde, merde, merde.* Je n'y arriverai jamais ! Voilà ce qui arrive quand on danse et sautille dans le penthouse comme une folle. Swift continue de hurler.

— Madame, dit-il à nouveau, calme comme une image. Vous y arriverez.

— D'accord, dis-je. Cinq minutes.

— Quatre minutes et demie, dit-il.

Je me dépêche d'arracher les étiquettes des nouveaux leggings et du haut qu'Alistair a commandés pour moi et je les enfile en vitesse. Il y a aussi une veste softshell très mignonne que je n'avais pas vue avant, et je l'enfile aussi. Je me brosse les dents. Chaussettes, baskets, tapis de yoga, téléphone. Carte-clé de l'hôtel. Prête, je me dirige vers la porte d'entrée.

De l'eau !

Je n'ai pas ma gourde habituelle. J'ouvre le frigo et vois une douzaine de bouteilles d'eau. J'ai envie de vomir. Le plastique à usage unique est l'une de mes bêtes noires, mais parmi tous les plastiques à usage unique, je déteste par-dessus tout les bouteilles d'eau.

— Putain de merde, je grommelle, en fermant la porte du frigo sans en prendre une. Problèmes de premier monde. Je prends un verre, le remplis au robinet et le descends d'un trait. J'achèterai une nouvelle gourde au studio.

Je dérape jusqu'à la porte d'entrée, espérant l'approbation du garde du corps. Il regarde sa montre quand j'ouvre la porte, essoufflée.

— J'y arriverai ? je demande.

— Nous y arriverons, répond-il, et m'invite à le suivre.

— Euh, dis-je, vous venez avec moi ?

— Oui, madame.

Ce sera super bizarre. — Dans le *métro* ?

Il cligne des yeux. Je pense qu'il essaie vraiment de ne pas sourire. — Pas dans le métro. Quand je ne bouge pas, il ajoute : La voiture attend.

La voiture attend. D'accord. J'aurais probablement dû m'y attendre, mais ce n'était pas le cas. Quand Alistair a dit que j'étais libre d'aller et venir, je ne pensais pas qu'il voulait dire que je serais conduite avec un garde du corps à la traîne. *Putain de merde.*

— D'accord, dis-je. Merci.

C'est un signal d'alarme.

Évidemment.

Mais j'écarte cette pensée et j'apprécie simplement à quel point il est facile de traverser sa matinée quand on a des gens de son côté. Des gens qui sont payés pour aplanir les petits défis de la vie, vous emmener en lieu sûr et à temps. Cela me fait réaliser à quel point ma vie ordinaire est chaotique. En même temps, je sais que je ne dois pas trop m'habituer à tout ça.

C'est juste une semaine. Ne réfléchis pas trop, je me dis.

Nous descendons jusqu'au hall dans l'ascenseur, ce qui fait une longue distance, puis je suis escortée dehors et à l'arrière d'une Jaguar noire étincelante (ha ! J'avais raison concernant l'animal totem d'Alistair). Avant que la voiture ne s'éloigne de l'hôtel, je me tourne pour le regarder. Je n'avais pas vu la façade à mon arrivée – étant inconsciente et tout. Quand je vois qu'il s'appelle *The Raven*, je réalise qu'Alistair n'a pas loué le penthouse pour moi. Il possède tout le foutu bâtiment. Je retiens mon souffle, mais mes yeux doivent sortir de leurs orbites, car le garde semble amusé.

— Comment faites-vous ça ? je lui demande.

— Madame ?

— Vous semblez amusé sans sourire.

— Je ne vois vraiment pas ce que vous voulez dire, répond-il.

— Donc vous dites que je ne suis pas amusante ? je le taquine. Vous dites que je suis ennuyeuse.

— Non, madame, répond-il.

Ce sont ses yeux. Il y a un sourire en eux.

— Vous êtes irlandais, dis-je.

Il répond par un léger hochement de tête.

— J'adore les Irlandais, dis-je, puis je réalise que je suis nerveuse et que cela me fait bavarder.

— Je suis Ivy.

— Oui, madame, dit-il. Il connaît mon nom. Évidemment. S'il sait où se trouve le studio et à quelle heure commence mon cours, il connaît certainement mon foutu nom. Mais si nous allons être compagnons de voyage, ce serait bien de connaître le sien.

J'essaie à nouveau. — C'est généralement de bonne manière de se présenter.

— Veuillez m'excuser, répond-il avec un visage impassible. C'est Henderson.

— Henderson, je répète. Ravie de vous rencontrer. Et merci de m'avoir fait sortir de l'hôtel à temps.

Il hoche sèchement la tête.

— Qui est l'autre type ? je demande.

— Le chauffeur ? demande-t-il. C'est Macavoy.

— Et l'autre garde ?

— Lucky.

— Vous avez un garde du corps nommé Lucky ? Est-il, genre, vraiment bon dans son travail, alors ?

— Non, commence Henderson.

— Donc, il n'est *pas* bon dans son travail ?

— Ce que je voulais dire, c'est oui, il est bon dans son

travail. Non, ce n'est pas un surnom. C'est sur son acte de naissance. Il est sud-africain.

Il dit cela comme si être sud-africain rendait normal d'avoir un nom comme Lucky. Peut-être que c'est le cas.

— Ah, nous sommes arrivés, dit Henderson, apparemment soulagé de mettre fin à la conversation. Il analyse rapidement l'endroit pour s'assurer qu'il est sûr. La Jag roule jusqu'à l'entrée, et Henderson m'ouvre la porte et me tend la main pour m'aider à sortir.

— Merci, dis-je à Macavoy, jetant mon nouveau tapis de yoga sur mon épaule.

Chauffeur, garde du corps, tapis de yoga de designer. C'est comme vivre dans une réalité parallèle.

Je cours dans le studio, me sentant exceptionnellement assoiffée.

Le studio de yoga est assez plein, et je suis si reconnaissante d'y arriver juste à temps.

Becks m'accoste avec des yeux grands comme des soucoupes.

— Désolée d'être en retard, dis-je.

— Tu n'es pas en retard, répond-elle, jetant un œil à l'horloge du studio. Où diable as-tu *été ? Que s'est-il passé ?*

Malgré ses jurons, elle n'est pas en colère. Becks a une bouche d'égout, et je l'adore pour ça.

Elle désigne le pansement sur ma tempe. — Est-ce que ça *va ?*

— Oui ! Je hoche la tête. Oui. Mieux que bien. Tu peux rester après le cours pour discuter ? Un café ?

Elle éclate de rire. — Comme si j'allais te laisser partir sans ça !

— Super, je réponds, me précipitant vers la plate-forme surélevée et sortant mon magnifique nouveau tapis. Becks regarde le tapis avec suspicion. Je cherche Henderson qui, dieu merci, se tient à l'extérieur de la salle. S'il avait insisté pour rester à l'intérieur, je l'aurais fait faire le chien tête en bas dans son costume noir chic.

— Bonjour tout le monde, dis-je, me sentant super énergique. Des visages amicaux me sourient. Qui est prêt à s'écouler ?

CHAPITRE 14

Sacrée Veinarde

— NOM D'UN PETIT BONHOMME, dit Becks, après la séance.

— La plupart des yogis préfèrent dire *namaste*.

— Je sais, mais bon sang, c'était intense. Demain, je vais être aussi raide qu'une bite de star du porno. Qu'est-ce que tu as mangé au petit-déjeuner ? Des piles ?

— Pas de petit-déjeuner, je réponds en souriant. À part mes croissants imaginaires.

— Ah, tu fais ce truc de jeûne intermittent ? C'est aussi bien qu'on le dit ?

J'hésite à répondre. Par où commencer ? Je prends le bras de ma meilleure amie et nous nous dirigeons vers le café.

— Venez, Henderson, je l'appelle alors que nous quittons le studio. Je vous offre un café.

Becks me fait les gros yeux. Je vois qu'elle est excitée et meurt d'envie de tout savoir, et je suis désespérée de tout lui raconter. Je commande trois cafés et un verre d'eau du robinet, puis nous trouvons l'alcôve la plus isolée du petit café. Henderson prend la table à l'entrée, suffisamment loin pour que nous puissions parler librement sans qu'il nous entende. Je prends une respiration.

— Mais c'est quoi ce bordel ? chuchote Becks. Si tu omets quoi que ce soit, je te ferai mal.

Je n'ai pas l'intention de garder quoi que ce soit pour moi.

— Tu ne vas pas me croire. Je n'y crois même pas moi-même. C'est comme un rêve.

— Raconte, exige-t-elle, et c'est ce que je fais.

Je lui raconte tout sauf les détails les plus graphiques. Elle a toujours été une excellente auditrice, pleine de petits cris d'exclamation et posant des questions complémentaires comme si sa vie dépendait de connaître toute l'histoire de fond en comble.

Un tapis de yoga Mantra Marble ?

Il est grand comment, le penthouse ? Genre, vraiment. Il fait quelle taille ? Et sa bite ?

Cinq fois ou plus *? Tu as joui cinq fois ? Pas possible. Quelle veinarde.*

— Je sais ! je lui chuchote en retour, faisant une grimace bizarre. Je n'en ai jamais eu plus d'un !

Elle pose ses mains sur la table comme pour se stabiliser et prend une profonde respiration.

— D'accord, dit-elle. Reprenons-nous un instant.

— Oui, j'acquiesce.

— On doit être pratiques.

— Oui, je répète en hochant la tête.

— Maintenant, je pense qu'on sait toutes les deux que tout ça va se terminer en vrai bordel.

Je prends une respiration. — Oui. C'est vrai, non ?

— Certainement.

Les endorphines du yoga laissent place à une sorte d'appréhension qui me parcourt. Je sais qu'elle a raison.

— Tu crois que je devrais me retirer maintenant pour... C'était quoi l'expression d'Alistair ? « Atténuer les risques » ?

— Certainement pas, répond Becks. Il faudrait être folle pour laisser passer cette opportunité.

— Mais c'est mal à tellement de niveaux, non ?

— Tu crois vraiment ?

— Oui, je dis. On déteste les milliardaires.

C'était vrai. Nous avons même des t-shirts assortis avec l'inscription *Transformez les milliardaires en compost*. Le mien est vieux, distendu et plein de trous, mais je refuse de le jeter. C'est un t-shirt de nuit très confortable. Je ne le porterai probablement pas au Raven, cependant.

— On déteste le *concept* des milliardaires, dit Becks. Tout comme on déteste le concept de l'agriculture industrielle, des pesticides et de l'abattage des arbres. Et pourtant, nous voilà assises sur des chaises en bois à boire du café.

— Je comprends ton point de vue, je dis, mais n'est-ce pas un peu, je ne sais pas, *commode*, de se dire, d'accord ! Je déteste l'idée des milliardaires, mais je vais faire une exception pour celui-ci parce qu'il sait bien se servir de sa langue ?

— Ah, soupire Becks. Je ne me souviens même plus de la dernière fois qu'on m'a bien léchée.

Je pense qu'elle l'a dit un peu trop fort, car du coin de l'œil, je vois Henderson se redresser légèrement.

— On peut se concentrer, s'il te plaît ? Sur le problème actuel ?

— Ouais, désolée, sourit Becks. Ça fait un moment.

Je ne la crois pas vraiment. Becks a plus d'amants que je ne peux en compter sur mes deux mains. *Libertine éthique*, comme elle se définit. Alors que moi qui choisis de coucher avec Alistair, c'est plutôt être une libertine non éthique, ce qui ne me plaît pas.

— Écoute, dit Becks en jetant un coup d'œil à Henderson. Je ne suis pas plus à l'aise avec l'idée que tu te tapes un milliardaire que toi. Mais si tu es prête à tenir toute la semaine — jeu de mots voulu — et à t'impliquer dans le carambolage qui va inévitablement suivre, alors je te dis fonce.

— Quel genre de conseil est-ce ? je demande.

Mais en même temps, je me dis que la vie est courte, non ? C'est généralement ce que je me dis avant de faire quelque chose de vraiment stupide.

— Regarde les choses ainsi. Elle fait tournoyer son Americano. Les conséquences ne peuvent pas être pires qu'avec Jeff.

Beurk. Je fais une grimace dégoûtée. *Jeff*.

— Exactement, dit Becks, me lançant un regard d'avertissement.

Il m'a fallu des mois pour me sortir de cette relation, et l'ordonnance restrictive est toujours en vigueur.

— À quel point le milliardaire est-il toxique ? demande-t-elle. Sur une échelle de un à dix.

— Honnêtement ? Zéro — pour l'instant. Je suis sûre que ça changera quand je le connaîtrai mieux. Mais à première vue, c'est l'homme le plus chaleureux, merveilleux et généreux. Il m'a préparé un bain parfumé. Commandé de la délicieuse nourriture. Offert des cadeaux.

— Et t'a fait jouir cinq fois, ajoute Becks. Encore une fois, un peu trop fort.

Je m'éclaircis la gorge et souris, embarrassée. — Oui, il y a aussi ça.

— Donc en gros, pour ce qui est des milliardaires, il semble être un bon spécimen.

— Est-ce que ça existe, vraiment ? je chuchote. Un bon milliardaire ?

— Non, répond-elle en finissant son café. J'essayais juste de te faire sentir mieux.

— Merci.

— C'est ce que font les amis.

Je jette un coup d'œil à ma tasse, qui est vide. Je ne me souviens même pas de l'avoir bue. C'est comme si j'étais légèrement défoncée.

— Alors, quels sont tes projets pour le reste de la journée ? demande Becks. Retourner majestueusement à ton penthouse de luxe pour retrouver ton sugar daddy ? Nager dans ton immense bain à remous ? Dévorer le caviar dans le frigo ?

Je hausse les épaules. — Je suppose. Est-ce qu'on peut avoir du caviar biologique et éthique ? je me demande à voix haute.

Becks hasarde une réponse. — Probablement pas. Mais c'est juste pour une semaine, non ?

~

Je me sens beaucoup plus ancrée après le yoga et après avoir vu Becks. Elle est vraiment douée pour ça, entre autres choses. Quand nous nous disons au revoir devant le studio, elle hausse un sourcil en direction de Henderson, se demandant sans doute s'il est aussi bon que son patron au lit.

— Tiens-toi bien, je murmure alors que nous nous étreignons pour nous dire au revoir.

— C'est un conseil terrible, réplique-t-elle.

Je ris et elle me serre encore plus fort. — À bientôt. Un dîner ?

Il y a un petit resto chinois bon marché à Soho où nous allons parfois. La nourriture n'est pas exceptionnelle, mais c'est chaleureux et confortable, et le propriétaire est sympathique. Ça ne le dérange pas que nous accaparions l'une des tables en stratifié dans le coin pendant une heure, à rattraper le temps perdu autour de nos *chow mein* aux légumes et de nos eaux de coco. Nous y avons passé de nombreuses soirées, la condensation ruisselant sur les vitres pendant que nous discutions de livres, de politique, de Netflix, de sexe et de réchauffement climatique tandis qu'il pleuvait dehors.

— Absolument ! dit-elle. Demain ?

J'hésite. Est-ce qu'accepter l'offre d'Alistair de séjourner dans le penthouse signifie qu'on attend de moi que j'y sois tous les soirs ? Il a dit que je pouvais aller et venir à ma guise, mais le pensait-il vraiment ?

Becks me voit hésiter. — Oh, on peut le faire la semaine prochaine. Pas de souci !

— Non, je décide. Je t'emmène à Chinatown. Dix-neuf heures ? C'est moi qui invite.

— Regarde-toi, Crésus ! Super. À plus tard. Elle fait un signe de main dramatique et disparaît dans la foule de piétons.

Je monte dans la Jaguar, où Henderson me tient la porte ouverte. Ça va être une semaine bizarre de contrastes. J'ai un chauffeur et un garde du corps, mais je gagne le salaire d'une prof de yoga à temps partiel. Je séjourne dans un hébergement de luxe haut de gamme, mais je ne peux me permettre que de manger dans un resto chinois bon marché. Je porte des vêtements de créateur mais je croule sous une montagne de dettes d'études. Je suppose que je vais m'y habituer. Et juste au moment où ce sera fait, tout me sera arraché, alors mieux vaut que je ne m'installe pas trop confortablement. *Je vais juste en profiter pour ce que c'est*, me dis-je tandis que les passants admirent la voiture dans laquelle nous sommes.

Pour être honnête, c'est vraiment une très belle voiture.

— Où voulez-vous aller ? demande Henderson.

Je suis sur le point de dire « à la maison » mais je me corrige rapidement en plein mot. — Ma-*ison*. À l'hôtel, s'il vous plaît.

— Vous êtes sûre ? demande le garde du corps. Vous avez la voiture à votre disposition aussi longtemps que vous en avez besoin. M. Ravenscroft utilise l'un de ses autres véhicules aujourd'hui.

Ravenscroft. C'est l'un de ces noms qui sonnent familiers même si on n'en a jamais connu auparavant. J'ai toujours aimé les merles, les corbeaux et les corneilles. Les corvidés sont des créatures particulièrement intelligentes.

Ravenscroft. Presque comme un nom de conte de fées. Un conte sombre.

— Dans ce cas... pouvons-nous faire un petit arrêt dans une librairie ? N'importe quelle librairie sur le chemin.

— Bien sûr, madame. Il en trouve rapidement une sur son téléphone et envoie l'emplacement à Macavoy, qui hoche la tête pour accuser réception du point.

Alistair Gregory Ravenscroft. C'est tout un nom — de la meilleure façon possible.

La librairie qu'Henderson a trouvée était parfaite. Bien que, pour être honnête, quelle librairie ne l'est pas ?

À l'entrée du magasin se trouvent des présentoirs avec les couvertures les plus frappantes, des rubans dorés et des tranches colorées. Les nouvelles parutions, les best-sellers permanents, toute une table pour « TikTok m'a fait acheter ça ».

C'est le paradis. Je choisis quelques-uns de mes livres préférés — bon, plus que quelques-uns — et je les place sur le comptoir pour ma première sélection. Quand ma pile de présélection est prête, je vais les passer en revue, choisir une liste restreinte, puis réduire à trois. Choisir parmi trois est presque toujours impossible, alors j'ai invariablement recours à fermer les yeux pendant que je les mélange et j'achète le livre qui atterrit dessus.

Je sais. Les vendeurs me détestent aussi.

Je ne sais pas quand ce rituel a commencé, mais je ne me souviens pas de ne pas l'avoir fait comme ça. Probablement quand ma mère emmenait Jamie et moi dans des librairies quand nous étions enfants et nous disait d'en choisir un.

En choisir un, comme si ce n'était pas impossible à demander à un amoureux des livres.

Cette fois, mes trois finalistes comprennent un nouveau roman de l'un de mes auteurs préférés, un guide pour manger en Italie et un livre sur l'art contemporain inspiré par la nature que mon frère adorerait.

Je ferme les yeux et mélange.

Quand j'ouvre les yeux, Henderson me regarde bizarrement.

— Quoi ? je demande, peut-être un peu sèchement.

— Rien, madame.

— Crachez le morceau, Henderson.

— J'étais juste... intrigué. Invoquez-vous une sorte de magie ?

Je souris en coin. — Je suis juste en train de choisir. C'est comme ça que je choisis mon livre du mois.

— Ça ressemble plus à de la sorcellerie, dit-il.

— Ha, je réponds.

Je prends le livre gagnant, celui sur l'art, et le place sur le comptoir, puis je cherche mon téléphone pour payer. Mais quand je regarde dans le portefeuille de cartes de crédit de mon nouveau téléphone, ma carte de crédit habituelle a disparu, et une autre étrange l'a remplacée. Elle est noire.

— Mettez-les tous sur cette carte, s'il vous plaît, dit Henderson au caissier, en faisant un geste vers ma grande pile de livres présélectionnés.

— Oh, je ne les prends pas tous, je dis. Je suis juste —

Le type avec la barbichette derrière le comptoir n'est pas sûr de ce qu'il doit faire.

— Nous les prenons tous, dit Henderson, d'une voix qui ne laisse aucune place au doute.

Le gars hoche la tête et les enregistre tous. Il ajoute un sac de librairie gratuit avec le slogan « Je mange des livres au petit-déjeuner ».

Le paiement par carte passe avec un bip amical. Avoir de l'argent est une chose, mais avoir de l'argent à dépenser pour des livres est un type spécial d'euphorie.

Je remercie le libraire et Henderson, qui m'aide avec le sac lourd.

Sur le chemin du retour à l'hôtel, il ne prononce qu'une seule phrase. — M. Ravenscroft m'a clairement indiqué que vous ne devez rien payer.

Ça me donne un frisson. Je vais être une femme entretenue pendant une semaine. Sublime.

Il y a une pointe de culpabilité — ou de honte ? — mais je la repousse. Ce n'est pas comme si j'étais avec Alistair *parce qu'*il me paie. Je suis avec Alistair parce que *je le veux*. Je le veux plus que je n'ai jamais voulu aucun homme auparavant. L'argent est juste un gros bonus, comme son magnifique visage et ses abdos sculptés. Ça fait partie de l'attraction, et je n'en ai pas honte. Ou plutôt, je suis prête à ignorer la honte que je ressens, ce qui est similaire, mais légèrement différent.

CHAPITRE 15

Fleur de sureau et thym

HENDERSON M'APPORTE les livres dans le penthouse, et je les dispose tous sur la table basse, m'y abandonnant avec délice. Je me fais un cappuccino avec la machine à café sophistiquée et je m'assois simplement pour les admirer. Je caresse les couvertures, fais glisser mon doigt le long des dos, et j'admire les tranches colorées. Si beaux. Je vais devoir faire mon rituel de tri magique pour choisir lequel lire en premier.

Mon téléphone sonne, et quand je vois que le message vient d'Alistair, mon cœur s'emballe.

ALISTAIR RAVENSCROFT

Salut, ma belle.

Merci de m'avoir gâtée aujourd'hui.

Le plus grand des plaisirs. Qu'est-ce que je t'ai acheté ?

Des livres ! Je les adore. Merci.

Des livres.

Oui, des livres.

Tu as un accès illimité à ma carte de crédit et tu as acheté quelques livres.

BEAUCOUP de livres.

Je vois.

Tu sembles déçu.

Non. Pas déçu. Mais on dirait que je vais devoir te gâter si tu n'arrives pas à te gâter toi-même.

Crois-moi, c'est totalement me gâter. Je suis au paradis.

Je vais faire un détour par Bond Street en rentrant.

Non !! Ne fais pas ça. Je ne porte même pas de bijoux. En plus, je préfère t'avoir ici à me regarder plutôt que de vieux diamants.

Je préférerais aussi te regarder, crois-moi.

Je rougis.

Des projets pour ce soir ?

C'est toi qui me dis.

Je peux te préparer à dîner ?

Je préférerais utiliser tes mains ailleurs.

Je peux faire les deux.

En même temps ? Coquine.

LOL

Je ne t'aurais jamais prise pour une coquine.

Je prends une inspiration et me mords la lèvre.

Tu ne sais rien, Jon Snow.

Je veux tout savoir.

Ça prendra plus d'une semaine.

Qu'est-ce que je fous ? Demander à rester plus longtemps ?

Ça peut s'arranger avec plaisir. Il suffit de le dire. Cependant, je dois te prévenir que j'apprends vite.

Je n'en doute pas.

Je dois aller en réunion maintenant.

Essaie de ne pas penser à moi.

Impossible. Je viens te chercher à 19h.

Je me laisse tomber dans le canapé, les bras écartés et les paumes vers le haut, remerciant la divinité qui m'a bénie avec cet homme. S'il n'était pas richissime, il serait absolument parfait. Je me surprends à souhaiter qu'il ait un emploi de bureau ordinaire, un salaire normal. Nous pourrions peut-être avoir un avenir alors. Ma propre angoisse face à la situation commence à m'irriter. Je dois essayer de la chasser de mon esprit. Je vais vivre dans l'instant présent et profiter au maximum de mon séjour insensé. Il y aura bien assez de temps pour l'auto-flagellation et les larmes plus tard.

L'après-midi s'étire devant moi. Je bois d'innombrables tasses de thé, je lis et je me prélasse. J'envoie un message à Jamie pour lui montrer la couverture du livre d'art que j'ai trouvé pour lui et je lui dis que je lui rendrai visite bientôt. À dix-sept heures, je commence à me préparer pour mon rendez-vous. Je mets The National à fond pendant que je me lave les cheveux, me rase et utilise la lotion au parfum coûteux que je trouve dans la salle de bain. À dix-huit heures trente, je suis prête à partir. Je cherche dans la cuisine quelque chose à boire. C'est un design tellement magnifique ! Si j'y vivais à plein temps, je cuisinerais tous les soirs. Peut-être que je pourrais préparer quelque chose pour Alistair demain.

Je trouve du gin dans un placard minimaliste sophistiqué, et toute une gamme de tonics aux noms exotiques dans le second réfrigérateur. Je choisis celui à la fleur de sureau et au thym, et je me verse un énorme gin tonic avec beaucoup de glace. Ce n'est peut-être pas la façon la plus sophistiquée de boire du gin, mais c'est ma préférée. Je trouve également toute une gamme d'en-cas et opte pour un paquet recyclable de bretzels au wasabi.

J'ai l'impression de prétendre être quelqu'un d'autre. Non, ce n'est pas ça. Pas *prétendre*. Il n'y a pas de prétention. Je me sens juste différente. Plus adulte, plus assurée. Même si j'ai vingt-huit ans, je vis comme une étudiante. J'ai ce minuscule appartement, je mange des ramen et des haricots, et ma décoration intérieure consiste en des meubles d'occasion et des trouvailles de friperie. Je n'achète des vêtements que lorsque je suis obligée, et même là, ils viennent généralement de boutiques caritatives. Être éco-responsable convient à mon budget et c'est la bonne chose à faire, mais cette vie riche et sophistiquée me fait du bien aussi. Plus que du bien. C'est douloureux à admettre, mais c'est merveilleux. Je regarde mon reflet dans l'immense miroir ornementé. Pour la toute première fois de ma vie, je me sens comme une femme.

~

Quand Alistair franchit la porte à dix-neuf heures précises, il me coupe le souffle.

Il est tellement sexy dans son costume sombre impeccablement taillé, surtout en sachant ce qui se cache sous cette coupe élégante. Il a l'air si... puissant. Je crois que le sang a quitté mon cerveau pour inonder mon bas-ventre, car j'ai un peu le vertige rien qu'en le regardant. La folle alchimie que j'essaie de contenir en moi se reflète dans ses yeux quand il me détaille.

— Mon Dieu, Ivy, murmure-t-il, la main sur le cœur. Tu vas finir par provoquer une crise cardiaque.

— Qu'est-ce que j'ai fait ?

— Ce n'est pas ce que tu as fait, dit-il en s'approchant. C'est comment tu es.

— Je pourrais te dire la même chose.

Il secoue la tête.

— Non. Aucune comparaison possible.

Il regarde derrière lui pour s'assurer qu'il a bien fermé la porte d'entrée, puis il s'avance vers moi et me soulève, me hissant dans ses bras.

— Hé, dis-je en riant. Qu'est-ce que tu fais ?

— À quoi ça ressemble, d'après toi ?

Il me porte jusqu'à la chambre et me jette sur le lit.

— Je croyais qu'on sortait, dis-je. Honnêtement, je me fiche de sortir. Je me fiche de tout sauf d'Alistair Ravenscroft.

— C'est le cas, répond-il. Mais je n'arriverai jamais jusqu'au restaurant avec toi qui ressembles à ça.

— On va être en retard, dis-je.

Ses mains remontent sous l'ourlet de la petite robe noire que je porte.

— C'est ta faute.

Il retire ma culotte et remonte ma robe au-dessus de mes hanches, puis embrasse mes cuisses.

— Tu sens tellement bon, grogne-t-il.

Je gémis et cambre le dos. Je suis déjà si excitée que je ne le veux nulle part ailleurs qu'ici. Je ne veux pas de préliminaires ou d'orgasmes ou quoi que ce soit d'autre que sa belle et imposante queue en moi.

— Baise-moi, je supplie.

— Tu n'es pas prête, répond-il.

— Je le suis. Je suis prête pour toi depuis toute la journée.

Le désir submerge son visage.

— Laisse-moi t'embrasser d'abord, dit-il.

J'acquiesce, pensant qu'il va remonter pour m'embrasser, mais au lieu de cela, il dévore ma chatte. Je cesse de protester tandis que sa langue tourbillonne, taquinant chaque nerf, me faisant gonfler. Il bouge si lentement que mon désir devient presque douloureux. Je commence à gémir. Tout le reste disparaît. C'est juste tellement bon.

— Ahhh, je gémis. Si. Putain. Bon.

Il continue, et je ne l'arrête pas. Je sens mon orgasme monter. Ça n'est jamais arrivé si vite avant. Tout afflue vers mon centre.

— Je suis proche.

Il reste là mais accélère le rythme. Je vais devenir folle s'il ne me baise pas maintenant.

— S'il te plaît, Alistair, je supplie. S'il te plaît. Je suis si proche. Je te veux en moi quand je jouis.

Il me tire au bord du lit et place un oreiller sous mes hanches. Il se tient debout avec un pied au sol pour un meilleur appui. J'observe son visage, ses muscles, ses yeux. Il est trop beau pour être vrai et je me languis de lui.

Avant que j'aie le temps de supplier à nouveau, il prend ma cheville dans sa main, l'embrasse, puis trouve ma moiteur avec sa queue et s'enfonce en moi, m'étirant largement, atteignant ma profondeur, et je crie. Nous sentons tous les deux la première contraction douce de mon orgasme et c'est toute l'invitation dont il a besoin pour me pilonner, fort et rapide. C'est la meilleure sensation au monde. Un second orgasme, plus puissant, s'élève et je bascule dans l'abîme pour atterrir dans un océan chaud et agité où je suis submergée de bonheur. Je perds le contrôle de mon corps tandis que vague après vague d'immense plaisir m'enlève toute volonté. Je ne peux même pas garder les yeux ouverts. Tout a disparu sauf nos corps qui s'embrasent l'un contre l'autre. Je sens un autre orgasme qui s'approche.

Je commence à masser mon clitoris tandis qu'Alistair ralentit, proche de son propre orgasme, donnant au mien le temps de monter. Je n'ai pas besoin de beaucoup. Je le sens venir, et presque immédiatement il est là. Je crie, et Alistair pilonne mes contractions, intensifiant l'orgasme à tel point qu'il m'aveugle par sa force.

Nous nous effondrons ensemble sur le lit, épuisés et en sueur.

— Putain, dis-je. C'était si intense. Je m'attendais à un coup rapide.

— C'*était* un coup rapide, dit-il.

Si c'était la version d'Alistair d'un coup rapide, alors, eh bien, je ne sais pas. Pas de mots. J'essaie quand même.

— Ce n'était pas un coup rapide, dis-je. Les coups

rapides, c'est comme se gratter une démangeaison. Un moment de plaisir.

— Donc... tu dis que je ne suis pas amusant.

Il sourit de façon malicieuse.

Je le frappe pour sa mauvaise foi, et il attrape ma main pour l'embrasser.

— J'essaierai plus fort la prochaine fois.

CHAPITRE 16
Iniquité

NOUS SOMMES ASSIS à la meilleure table d'un restaurant somptueux. Mes cheveux et mon maquillage sont impeccables, mais je suis dans tous mes états en bas, gonflée et humide. Nous échangeons des regards complices et des sourires dissimulés, et je me sens si bien dans mon corps. Être avec Alistair me fait sentir belle, désirable, intelligente. Cela me fait me demander à quel point tomber amoureux de quelqu'un, c'est en réalité tomber amoureux de soi-même. J'adore la version de moi-même que je vois à travers les yeux d'Alistair. La vraie moi est plus ordinaire, moins excitante, moins... tout, en fait.

Il me prend la main. — Prête pour le deuxième round ? demande-t-il poliment, comme s'il parlait du menu.

J'avale rapidement la gorgée de vin dans ma bouche pour ne pas m'étouffer.

— Déjà ? je demande, en regardant autour de nous. Je ne pense pas qu'ils apprécieraient.

— Je me fiche de ce qu'ils apprécient, dit-il en appuyant son pouce dans la paume de ma main.

— Je préférerais que le deuxième round soit à la maison, dis-je, puis je me corrige rapidement. À l'hôtel, je veux dire.

— Tu aimes jouer la sécurité, dit-il.

— Pas toujours, je réponds.

— Hmm. Et *comment* aimes-tu ça ?

Heureusement, notre serveur arrive à la table, ce qui me donne le temps de réfléchir. Comment j'aime ça ? Je ne sais pas. Je n'en ai aucune idée. Je me sens comme une parfaite débutante au lit comparée à Alistair Ravenscroft.

Il commande un steak et une salade pour nous deux ; je change ma commande pour du saumon en priant qu'il soit issu d'un élevage éthique.

Quand le serveur s'éloigne, Alistair me regarde avec insistance, attendant ma réponse.

— Je ne sais pas comment j'aime ça, dis-je, me sentant à nouveau timide. Je veux dire, je n'y ai jamais vraiment réfléchi.

Alistair fronce les sourcils. Il y a une expression d'inquiétude sur son visage. — Jamais *réfléchi* ?

Mes joues s'échauffent et je prends une autre gorgée de vin, espérant trouver un peu de courage liquide.

— As-tu grandi dans un environnement conservateur ? demande-t-il, essayant de résoudre l'énigme.

J'éclate de rire. — Pas du tout. Mes parents sont des hippies pure souche. Les vrais.

Il sourit. — Je savais que j'avais raison à ton sujet. Être une hippie dans l'âme.

— Je suppose que je ne suis pas habituée à en parler ?

Ou à y penser en... *mots*. C'est juste quelque chose de *physique*.

Bravo pour l'air intelligent.

Alistair se penche plus près. — Maintenant, je suis vraiment curieux.

— Arrête, dis-je en souriant. Tu me fais rougir.

— J'adore quand tu rougis. Tu n'agis pas comme quelqu'un qui ne pense pas au sexe.

— C'est parce que le sexe avec toi est... différent.

— Tu vas me donner un complexe.

— Un complexe de dieu, peut-être, je ris.

— Dis-m'en plus, dit-il. Comment était le sexe avant ?

— Plutôt bon, dis-je. À part Jeff. Jeff était vraiment nul. Mais maintenant c'est...

Il enfonce son pouce plus profondément dans ma paume. C'est presque douloureux, mais je veux qu'il continue.

— Oui ?

— Tu essaies juste de m'embarrasser, je chuchote. Tu sais à quel point c'est bon avec toi.

Ce n'était pas *bon*. C'était transformateur. Ça a changé ma vie. C'était comme si je m'éveillais à toute une nouvelle dimension de plaisir dont j'ignorais l'existence.

— Eh bien, je vois que je dois m'améliorer, dit-il.

Je ris. — Tu sais que ce n'est pas vrai.

— Je ne veux pas que tu penses que je baise toujours si rapidement.

J'avale difficilement.

— D'habitude, je prends mon temps. J'aime y passer toute la nuit.

Voilà qu'il me fait encore me tortiller. Je serre les cuisses.

— Mais avec toi... je manque de contrôle. Quand je te vois nue, j'ai tellement faim de toi que je ne peux pas m'arrêter.

J'essaie de garder une respiration régulière. — Je n'ai certainement pas à me plaindre.

— Tu devrais, réplique-t-il. Tu es une déesse. Tu mérites plus.

Je ne peux m'empêcher de rire. Il ne comprend pas comment il a bouleversé mon monde. Il retire son pouce et il me manque. J'aime quand son corps appuie contre le mien, même si ce n'est qu'un doigt. Il ne sourit pas, et je peux voir qu'il réfléchit. Il prend cela très au sérieux.

— Que dirais-tu de... Il touche sa lèvre inférieure.

Je me redresse et lui accorde toute mon attention. Je suis déjà mouillée rien qu'en pensant à ce qu'il va dire.

— Tu dis que tu n'es pas sûre de ce que tu aimes au lit. Que dirais-tu de faire une... *exploration guidée* avec moi ?

Mon cœur bat rapidement. — Une exploration guidée.

— Tu ne sais pas ce que tu aimes, et je suis exceptionnellement intéressé de le découvrir. Pourquoi ne pas le faire ensemble ?

— Ça me semble vraiment... excitant, je réponds.

— Il y a tant à explorer, dit-il. Un monde de plaisir sensuel.

Je fais semblant de réfléchir à sa proposition. En réalité, j'ai accepté dès que les mots sont sortis de sa bouche.

— Seulement si je peux le faire avec toi, dis-je.

Il y a cette lueur dans ses yeux. — Comme si je laisserais quelqu'un d'autre t'approcher.

Je me sens nerveuse d'avoir accepté cette odyssée sexuelle. Mon estomac est noué. J'ai un peu peur de ce qui pourrait surgir. Ma vie amoureuse jusqu'à présent a été résolument vanille.

— N'aie pas l'air si effrayée, dit Alistair. Mon regard croise le sien, et je m'attends à ce qu'il soit amusé par mon inconfort, mais ses yeux sont affamés, mais doux. — Nous ne ferons rien que tu ne veuilles pas faire.

— Comment saurai-je ? Si j'ai envie de le faire ?

— Facile, répond-il. Si ça te fait du bien, dis oui. Si non, dis non. Si tu te sens dépassée, dis-moi simplement d'arrêter ou de ralentir et nous verrons à partir de là.

— Aurons-nous un mot de sécurité ? je demande.

— Si tu veux, répond-il.

Je ne voulais pas un mot aléatoire comme *banane*, qui aspirerait tout l'érotisme du moment. Il faut que ce soit neutre.

— Quel est ton troisième prénom ? je demande, comme une blague. Personne n'a de troisième prénom.

— Bruce, répond-il.

Je glousse. C'est en fait assez sexy. — Va pour Bruce.

— Dessert ? propose-t-il.

Je secoue la tête. Mon estomac se sent encore bizarre après avoir conclu notre accord. Je ne peux m'empêcher d'imaginer des fouets et des chaînes. Des objets tranchants. Des combinaisons de cuir. — Non merci. Mais je suis prête pour ce deuxième round que tu m'as proposé.

Je peux voir les muscles bouger dans sa mâchoire.

— Je vais te ramener à l'hôtel. Nous allons juste faire un arrêt en chemin. Un dernier verre.

J'acquiesce. Une dose supplémentaire de courage serait utile.

Nous nous garons dans un parking souterrain. Quand j'aperçois l'ascenseur, Alistair me prend la main. — Par ici, m'encourage-t-il, m'éloignant de la lumière vers un tunnel. À mi-chemin, il y a une porte cachée dans le mur. Le téléphone d'Alistair déverrouille la serrure, et nous entrons.

Le club privé sur invitation s'appelle Iniquité. C'est un monde différent.

Chaud, humide, tellement de basses traversant la pièce que je peux les sentir dans mon sexe gonflé. Des lumières néon, mais pas trop. Il fait sombre, avec de petites poches de lumière. Je peux sentir l'argent.

Alistair n'a pas besoin de commander. Dès qu'ils l'aperçoivent, ils font un signe de tête, et il m'emmène vers une alcôve. Je vois des bikinis à paillettes dorées, des diamants, plus de bouteilles de champagne français que je ne peux compter. À la table voisine, deux femmes aux seins nus discutent de façon animée tout en prenant chacune leur tour pour sniffer de la coke.

Les voir comme ça me fait respirer plus vite, et Alistair le sent. Il me serre la main. — Tu aimes ça ?

Je ne suis pas sûre de comment répondre. Pourquoi aimerais-je ça ?

— Arrête de trop réfléchir, dit-il. Comment te sens-tu dans ton corps ?

— Je me sens... excitée.

Voilà. Je l'ai dit.

— Bien, murmure-t-il à mon oreille. Très bien.

Le champagne arrive, et Alistair glisse un pourboire de cent livres au serveur.

— Tu vois, fait-il avec un clin d'œil. Nous progressons déjà.

— Je ne pensais pas que nous avions déjà commencé, je réponds.

Ses yeux brûlent dans les miens. — Nous avons commencé dès l'instant où tu as accepté.

Mon anxiété monte en flèche. J'ai envie de faire marche arrière. Je ne suis pas exactement sûre de ce pour quoi j'ai signé et cela semble dangereux. Je ne connais même pas cet homme.

Alistair saisit ma cuisse sous la table, et je sursaute.

— Hé, dit-il, et je le regarde, donnant probablement l'impression d'un cerf pris dans les phares. Hé, répète-t-il. Tu es en sécurité. Je suis là.

Ses yeux ne quittent pas les miens. Il dit la vérité. Je n'ai aucune raison de lui faire confiance, mais c'est le cas. C'est une sensation physique, une attraction indéniable qui nous rapproche.

— D'accord, dis-je. Je suis à toi.

CHAPITRE 17

Fontaine humaine de chocolat

JE COMMENCE À ME DÉTENDRE. Je prends une longue gorgée de champagne et la fais tourner dans ma bouche, savourant les bulles et la finale sèche. Je sens mes muscles s'assouplir, mon dos se courber pour adopter une position détendue au lieu d'être droite comme un i, tel un furet effarouché. Alistair tambourine doucement des doigts sur ma cuisse, comme s'il jouait du piano. Sans précipitation, sans avancée, juste des mélodies inaudibles pendant que la basse fait vibrer nos sièges. Me sentant moins tendue, j'observe le club souterrain secret. Ce que je vois provoque encore de petits sursauts dans mon estomac, mais ils ressemblent davantage à de l'excitation maintenant. Des papillons, mais pas de jolis papillons pastel à pois. Non, les papillons dans mon ventre sont d'un noir de jais bordé d'or. Chatoyants.

— Dis-moi ce que tu vois, me demande Alistair.

Je prends une respiration. Je bois une autre gorgée. — Le couple au bar, là-bas, dis-je lentement.

Alistair jette un coup d'œil dans la direction que j'indique.

— Elle vient de lui passer quelque chose.

— Qu'est-ce qu'elle lui a passé ? demande-t-il.

— Je crois que c'était sa culotte. Elle portait des bas plus tôt.

Alistair hoche la tête. — Quoi d'autre ?

— Ces trois femmes là-bas, dans cette alcôve ronde plus basse. La table ronde dorée qui ressemble à une énorme pièce d'or est couverte de sacs à main, de verres et de ce qui semble être quelques jouets sexuels. — L'une des femmes est complètement nue, et les autres la touchent... et l'embrassent.

— Hmm. Alistair se repositionne sur son siège. Il arrête de jouer du piano sur ma cuisse et se rapproche un peu. — Quelqu'un d'autre a attiré ton attention ?

Je continue d'observer. Je pourrais regarder toute la nuit. Est-ce que cela fait de moi une voyeuse ?

— La fille qui danse dans la cage dorée, dis-je. Elle bouge lentement, sensuellement, parfaitement en rythme avec le beat lent. Des cache-tétons métalliques scintillent à chacun de ses mouvements. Sa culotte est noire et mini-maliste, juste quelques fines lignes sexy.

— Tu veux danser avec elle ? demande-t-il.

— Non ! Si je portais un collier de perles, je le serrerais nerveusement.

Il lève les paumes en signe de reddition. — Pas besoin de paniquer. Je demandais simplement.

Je lui lance un regard noir.

— Rappelle-toi, dit-il, nous explorons. Nous sommes curieux et nous posons des questions.

Je continue d'observer la danseuse, et lorsqu'elle croise mon regard et me sourit, je détourne rapidement les yeux.

C'est très subtil, mais la prise d'Alistair se resserre. — Tu vois autre chose ?

Je plisse les yeux, regardant maintenant dans les ombres du club, plutôt que ce qui est exposé ouvertement. Il est difficile de distinguer exactement ce qui se passe, mais je vois une femme, entièrement habillée en haut, nue en bas, qui s'abaisse sur le visage d'un homme. Il lui agrippe les fesses pendant qu'elle le chevauche ; elle alterne entre rires et gémissements. À côté d'eux, leurs amis regardent et les encouragent bruyamment. Ils portent tous des costumes d'affaires, comme s'ils travaillaient dans la même entreprise. Sa tiare en diamants scintille à chacun de ses mouvements. Bientôt ses rires s'arrêtent, et son corps pulse, proche de l'orgasme. Un des autres hommes se jette sur elle, l'arrachant du visage de l'autre, et la penche sur la table. Il est en elle avant qu'elle ne puisse l'arrêter — pas qu'il y ait le moindre signe de protestation — et commence à la baiser intensément. Son sourire a disparu mais elle hoche la tête. Oui. Il continue, mais je peux voir à son langage corporel qu'il ne pourra pas tenir beaucoup plus longtemps.

La femme se tourne pour le regarder, dit quelque chose qui le fait accélérer, puis son corps se raidit et il se retire, s'affaissant et éjaculant dans sa main. La femme reste étalée sur la table. Elle appelle un des autres hommes, qui déboutonne son pantalon et prend la relève.

— Mon Dieu, je murmure. Sacrée soirée d'entreprise.

— En effet, répond Alistair, les lèvres courbées.

— À côté de ça, tu as l'air plutôt vanille, je le taquine.

Sa main sur ma cuisse me saisit fermement, et je pousse un cri de surprise. — Tu ne diras pas ça plus tard.

Les papillons noirs tourbillonnent en moi. J'ai peur de demander. Je veux savoir, mais je ne veux pas l'entendre. — Qu'est-ce que tu as prévu ?

— Je ne suis pas encore sûr, répond-il. Voyons où la soirée nous mènera.

J'aimerais que tu me prennes, je pense. *Ici même, devant tout le monde.*

Plus de champagne, plus de scènes érotiques à contempler, notamment une femme allongée sur le bar, son partenaire invitant les gens à verser du chocolat chaud sur son corps et à le lécher.

— J'aimerais te voir faire ça, dis-je.

Alistair regarde dans leur direction. Il passe sa langue sur ses dents. — Ça a l'air bon. Viens avec moi.

Il prend ma main et nous nous dirigeons vers le couple.

La femme allongée sur le bar a une peau lisse, pâle et parfaite. Elle nous sourit, et son partenaire soulève la cruche de chocolat fondu. — Fontaine humaine de chocolat ?

— Oui, s'il vous plaît, dis-je, surprise par l'audace que je perçois dans ma voix.

Le partenaire verse une petite quantité de chocolat dans le nombril de la fille et sur ses seins. Elle cambre le dos et sourit. Le liquide chaud doit être agréable.

— Bonjour, beau gosse, ronronne-t-elle à Alistair.

Alistair me regarde, et je hoche la tête. Il s'approche

lentement, avec précaution. Il commence par la flaque dans le nombril de la fille, la lapant en cercles lents qui me liquéfient intérieurement. Je connais cette langue, je sais à quel point elle peut procurer du plaisir. Une fois qu'il a terminé là, il passe à ses seins, qui ressemblent à de la soie ivoire et doivent être incroyablement doux au toucher. La fille se tortille, cambre le dos, essayant d'obtenir plus de la langue magique d'Alistair. Je réprime le désir qui m'envahit. Alistair termine un sein, s'attardant à sucer le mamelon, et m'invite à m'occuper de l'autre.

Je suis surprise de constater que j'en ai envie. J'en avais envie avant même que nous ne quittions notre box. J'en avais envie, mais je ne le ferais jamais — ou plutôt, je ne le ferais jamais de mon propre chef.

Tous les trois voient mon hésitation, mais ils doivent également voir le désir pur dans mon regard car ils m'encouragent sans me mettre la pression. La fille me sourit, se cambrant à nouveau, cette fois pour m'offrir son mamelon. Les yeux d'Alistair brûlent les miens, m'incitant à faire ce dont je meurs d'envie.

J'abaisse ma bouche vers son sein. Elle hoche la tête, les lèvres entrouvertes. Elle désire cela autant que moi. Cela me donne le courage de commencer à lécher. Au moment où ma langue entre en contact avec son sein, je ressens un frisson intense. Sa peau est aussi douce que je l'imaginais. Je commence lentement, légèrement, mais elle est impatiente. Elle en veut déjà plus. J'appuie davantage, mes lèvres la pressant maintenant, ma langue glissant dans le chocolat chaud et gluant que j'avale avant d'en reprendre, me dirigeant lentement vers son mamelon.

Elle gémit, et j'y vais plus fort, finissant tout le chocolat sauf celui qui m'attend sur son mamelon. Le partenaire avec la cruche en verse un peu plus directement dessus, le gardant chaud et onctueux sur sa compagne avant que je n'emprisonne le mamelon chaud et glissant dans ma bouche pour le sucer, ma langue tournant en cercles. Elle pousse un cri de plaisir et cela me donne un sentiment de puissance que je n'ai jamais éprouvé auparavant. Pas étonnant que les hommes hétérosexuels aiment faire plaisir aux femmes. C'est tout simplement euphorique.

Je commence à ralentir, mais elle repousse ma tête vers le bas pour que je continue, ce que je fais. Je continue à tournoyer et à sucer et j'aimerais pouvoir la toucher partout sur son corps. Elle se cambre, gémit et frissonne, puis relâche. Quand je la regarde, elle a de la sueur sur le front et une expression rêveuse. Elle me fait un clin d'œil, et Alistair me ramène à notre box.

Il m'évalue du regard, puis pointe ma joue. — Tu as un peu de chocolat là, dit-il, et il s'approche pour le lécher. Bientôt je me pâme sous lui, sa bouche pleine sur la mienne, son baiser si intense, si chaud et profond, que j'ai envie de lui ouvrir tout mon corps. J'aimerais qu'il me baise ici et maintenant.

— Je n'ai jamais embrassé une fille avant, dis-je. Je n'avais certainement jamais sucé le mamelon d'une fille.

— Tu as aimé ça, répond-il.

— C'est un euphémisme.

Nous nous embrassons à nouveau, et je pense que je pourrais rester ici toute la nuit à l'embrasser. Il est tellement doué pour ça, mais mon corps brûle pour lui.

Il me verse un dernier verre de champagne, mais laisse sa part dans la bouteille. Il enlève rapidement le papier d'aluminium du goulot, puis passe sa main sur le rétrécissement de la bouteille pour s'assurer qu'il a tout enlevé. Je me demande distraitement si c'est un rituel pour lui, mais je me souviens qu'il ne l'a pas fait avec les autres bouteilles que nous avons partagées.

— Mais qu'est-ce que--, je commence, et soudain je pense savoir ce qu'il a prévu.

Mon ventre se noue d'anticipation.

Est-ce que ça se passe vraiment ?

Alistair écarte mes cuisses.

Merde !

Il tire ma culotte vers le bas. J'ai l'impression d'hyperventiler. Il observe mon visage intensément, mon propre désir se reflétant sur le sien. Il place la bouteille sous la table.

Il ne va quand même pas-

Je sens le rebord frais et dur de la bouteille de champagne contre ma chatte.

Putain ! J'étouffe mon hoquet de surprise.

Alistair y va doucement, tournant la bouteille à l'entrée pour la réchauffer et la lubrifier.

Je plonge mon regard dans ses yeux et me mords les lèvres, essayant de ne pas faire de bruit. Il profite beaucoup trop de ce moment. Le rebord de la bouteille franchit la barrière et ma bouche s'ouvre. Le goulot de la bouteille de champagne est en moi. J'ai peur de bouger. Je suis une sorte d'état de choc. Alistair se penche pour m'embrasser, et ce faisant, il enfonce la bouteille plus profondément, me faisant crier dans sa bouche.

— Putain, murmure-t-il en moi. Tu es tellement délicieuse.

La bouteille est dure et étrange, mais je veux qu'elle reste en moi. Je suis tellement excitée par tout ce qui s'est passé que je suis sûre que je vais jouir. Alistair ne quitte pas mes yeux des siens, et notre contact visuel intensifie la situation.

Doucement, progressivement, avec des mouvements infimes, il commence à bouger la bouteille d'avant en arrière.

Je gémis, mes cils papillonnant. Je vois une mosaïque dansante d'érotisme devant nous : la stripteaseuse aux tétons dorés dans la cage ; les jouets sexuels ; la soirée de bureau ; la fontaine humaine de chocolat. De nouvelles scènes qui ont commencé depuis que nous avons entamé la nôtre.

La bouteille continue son lent mouvement, dedans et dehors, mais elle va plus profondément maintenant, et elle est chaude. La forme de la bouteille signifie que plus elle s'enfonce, plus je m'étire. Un nœud doré de plaisir en moi commence à se dénouer. Alistair y va lentement plus fort et plus profond, et je ne peux plus respirer.

— Alistair, je gémis. Je crois que je vais jouir.

Son expression passe du désir absolu à la malice.

— Je reviens tout de suite, dit-il, et l'instant d'après, il est sous la table.

Je me force à respirer, à paraître calme, mais ce n'est pas facile quand un milliardaire avec une bouteille de champagne est entre vos jambes.

La surprise de le voir plonger sous la table a repoussé mon orgasme, mais pas pour longtemps, car il s'y remet avec expertise, enfonçant profondément le verre chaud dans ma chatte gonflée jusqu'à ce que j'aie envie de hurler.

Putain.

Putain !

Je vais jouir si fort. Je vais jouir si putain de fort.

Il me sent commencer à trembler ; il sait que je suis au bord ; il sait que dans une seconde je vais jouir partout sur lui. Je vacille tout au sommet, puis je tombe dans la meilleure sensation du monde. Alors que mes contractions commencent à saisir la bouteille, Alistair vide le champagne en moi.

Je crie dans ma paume, que je n'avais même pas réalisé couvrir ma bouche.

Froid. Pétillant. Les vagues de plaisir continuent d'arriver. Je rejette la tête en arrière, essayant de garder mon cri à l'intérieur. Il sort comme un gémissement aigu. Bientôt la bouteille a disparu et la bouche chaude d'Alistair est sur moi, un soulagement après le liquide froid tandis qu'il me vide, remplaçant les bulles froides par sa langue chaude. Il le fait juste à temps pour sentir les dernières pulsations de mon plaisir.

CHAPITRE 18

Vanille

— TU ES SILENCIEUSE, me dit Alistair sur le chemin du retour vers l'hôtel.

Je ris.

— C'est ce qui arrive quand on fait exploser le cerveau de quelqu'un. J'ai l'impression d'être dans un coma post-orgasmique.

— Ce n'était pas trop pour toi ?

Je secoue la tête.

— Non, ce n'était pas trop. Je veux dire, c'était presque trop... mais c'était incroyable.

Sa main est chaude sur la mienne.

— Dis-m'en plus.

Je soupire. Je ne sais pas quoi dire. Et malgré ce qui vient de se passer, je me sens toujours réservée quand il s'agit de parler ouvertement des détails du sexe.

— Jamais de ma vie je n'aurais pensé faire quelque chose comme ça.

— Non ? Pourquoi ?

— C'était tellement... je ne sais pas. Je secoue la tête. L'acte ne me serait même pas venu à l'esprit.

Érotique ? Kinky ? Hors norme. C'était définitivement hors norme.

— Je comprends, dit Alistair. C'est différent de ce à quoi tu es habituée.

Je ris et hausse les sourcils.

— On peut dire ça. C'est pour ça que je me suis engagée, après tout.

— Tant que tu es satisfaite, dit-il.

Mon corps ressentait bien plus que de la *satisfaction*.

Il se rapproche de moi sur la banquette arrière et me murmure à l'oreille.

— Ce n'est que le début.

Quand nous tombons dans le lit, je le désire encore. Malgré l'orgasme fou dans le club — ou peut-être à cause de lui — je suis toujours excitée. Je ressens le besoin d'être comblée.

— Tu es sûre ? vérifie-t-il.

J'acquiesce.

— Juste... lent et vanille, s'il te plaît. Du sexe normal, profond et satisfaisant. C'est tout ce que je peux supporter.

— À vos ordres, madame, répond-il. Avec plaisir.

Pas de doigts, pas de langues, pas d'... objets étrangers. Je ne désire que sa grosse bite chaude en moi.

Alistair n'a pas besoin d'autres encouragements. Il glisse lentement en moi, s'arrêtant au premier centimètre pour m'embrasser, puis s'enfonce davantage, jusqu'au bout.

Je soupire de soulagement et de plaisir. Il est toujours si bon en moi.

Il émet un grognement.

— Je ne peux pas me rassasier de toi, Ivy.

Alistair commence à bouger en moi, atrocement lentement.

La tête en arrière, je gémis.

— Tellement... putain... *bon*.

Son poids sur moi, son rythme, c'est tout ce que je veux. Je ferais n'importe quoi pour ça, n'importe quoi pour lui.

D'une certaine manière, son bassin appuie sur mon clitoris tandis qu'il bouge, d'avant en arrière, d'avant en arrière, alors qu'il me baise lentement. C'est tellement bon. Le plaisir afflue à nouveau vers mon sexe.

Je n'en peux plus. J'ai besoin qu'il aille plus profond.

— Plus, je supplie. Plus profond.

Je plonge dans ses yeux une fraction de seconde et les vois brûler d'envie.

Il soulève mon genou droit et le pousse vers mon épaule de sorte que mon sexe s'ouvre complètement pour lui. La poussée suivante est un pur plaisir, si chaude et profonde que je crie.

Il prend ma tête, lit mon expression.

— Oui ?

Je suis un désordre gémissant, acquiesçant.

— Oui-oui-oui.

Alistair commence à me pilonner, si fort et avec une telle intensité que je crois que je vais mourir.

— Oui ! Ne t'arrête pas, je gémis, ce qui le fait accélérer, et putain, je vais jouir encore. Alistair peut le sentir. Il guide ma main vers mon clitoris pendant qu'il emprisonne mon autre main au-dessus de ma tête. Je me caresse, si mouillée et avide, tandis qu'il continue de me marteler.

Je peux entendre, à la façon dont il aspire l'air entre ses dents, qu'il est sur le point de jouir. C'est si excitant. Il est si magnifique. C'est un chef-d'œuvre. Je veux voir son visage quand il jouit.

Je gémis et me tortille, voulant qu'il atteigne l'orgasme, mais il m'attend. Il serre mon poignet au-dessus de ma tête et ouvre la mâchoire comme s'il allait m'avaler tout entière. Je contracte mes muscles de la cuisse et mon plancher pelvien, serrant sa queue en moi, et alors qu'il s'enfonce une dernière fois, nous jouissons tous les deux si fort que le lit vibre.

Si ça c'était vanille... je pense en m'endormant, plus satisfaite que je ne l'ai jamais été de ma vie. Je ne termine pas cette pensée. Je suis complètement épuisée. Alistair me tient dans ses bras forts. J'aime qu'il dorme ici avec moi au lieu de retourner chez lui.

Mon esprit revient au club : la femme assise sur le visage de l'homme, la façon dont elle était penchée sur la table, en voulant plus. Le téton au chocolat que j'avais dans ma bouche. Ça ressemble à un rêve, un fantasme érotique. J'essaie de bloquer le reste. J'aurai le temps d'y penser. J'ai besoin de dormir. Alistair doit entendre mon cerveau tourner à plein régime car il se colle contre moi et me serre plus fort.

Je chasse aussi notre accord pour le dîner de ma tête. Je ne m'endormirai jamais si j'y pense. Si tout cela s'est produit dès la première nuit, je ne suis pas sûre de pouvoir gérer ce qui vient ensuite.

CHAPITRE 19

La Vie Réelle est Surestimée

JE ME RÉVEILLE avec une tasse de café fumante sur ma table de chevet. Un mot est glissé sous la tasse.

Réunion tôt, j'ai dû filer.

Utilise ma carte pour tout ce dont tu as besoin aujourd'hui et amuse-toi bien.

Mais pas trop quand même.

PS. Tu es une déesse.

Je lui envoie un message.

Merci pour le café et le mot. Bonne réunion. Ça te dérange si je sors dîner ce soir avec ma meilleure amie ?

Il répond immédiatement.

ALISTAIR

Ta meilleure amie est-elle une femme hétéro ?

Oui. Hétéro-ish. Plutôt hétéro.

Alors ça ne me dérange pas. Emmène-la quelque part de spécial.

Je comptais aller dans un resto chinois pas cher à emporter.

N'y pense même pas.

Nous avons un certain standing à maintenir.

On y va toujours. On aime cet endroit.

Tu aimeras davantage un meilleur endroit.

Les endroits plus chers ne sont pas toujours meilleurs.

MDR

Arrogant crétin, je pense. Mais je souris.

Tu as raison. J'aurai tout le temps de manger des nouilles à 49 centimes quand je retournerai à ma vie normale. Je l'emmènerai quelque part de sympa. Merci.

Oh, Ivy. Si naïve.

Mon estomac se noue.

C'est quoi ce bordel ?

Tu penses que ce sera si facile de te débarrasser de moi ?

Tu as dit une semaine. Une semaine pour rester ici et explorer. Après ça, je passe à autre chose.

J'ai une vie à vivre.

Une vraie vie avec des responsabilités.

La vraie vie est surestimée.

Les responsabilités le sont particulièrement.

D'accord. Mais je ne peux pas être ton animal de compagnie pour toujours.

Pourquoi pas

Ma vie est un bazar. Je dois la remettre en ordre. Retourner à l'école. Trouver un vrai boulot. Payer des factures.

Pourquoi pas

Arrête ça

Henderson s'occupera de toi ce soir et me préviendra quand vous rentrerez à l'hôtel. Je t'y retrouverai.

Je serai peut-être bourrée.

Je m'assurerai d'en profiter pleinement.

J'attends avec impatience ton meilleur jeu.

Oh, oui, je vais donner le meilleur de moi-même.

Henderson n'a vraiment pas besoin de venir. Ce sera bizarre. Je m'en sortirai très bien sans lui.

J'insiste.

Il faut qu'on parle de ta paranoïa.

Non, ce n'est pas nécessaire.

Que penses-tu qu'il va m'arriver sans garde du corps ?

Je n'ai pas envie de le découvrir.

Tu es à moi, et je protège ce qui m'appartient.

J'adore quand tu me traites comme un objet.

Parfait. Il y aura plus d'objectification ce soir.

En attendant, Henderson veillera sur toi.

Si tu es si parano, pourquoi fais-tu confiance à Henderson ?

Longue histoire.

J'ai envie de l'entendre.

D'accord, mais pas maintenant. Je viens juste d'arriver. Tout ce que tu dois savoir sur H pour l'instant, c'est qu'il est comme un frère pour moi, et que je lui confierais ma vie.

Bonne réunion. J'espère que tu gagneras plein d'argent ou peu importe ce que tu fais.

La première option. x

Je cherche rapidement sur Google les restaurants chinois à proximité. Puis je me dis, pourquoi se limiter à la cuisine asiatique ? En fait, pourquoi se limiter à Chinatown ? On pourrait aller n'importe où. Enfin, n'importe où de raisonnable. Les endroits chics seront tous réservés des mois à l'avance, mais il doit bien y avoir quelque part d'intéressant. Je fais défiler les restaurants décontractés les mieux notés avec des places disponibles pour le dîner jusqu'à ce que quelque chose attire mon attention. Urchin est un restaurant éphémère de fusion japonaise à Boxpark Shoreditch qui sert des sushis sur un bar à glace. Les prix semblent élevés mais pas extravagants. En d'autres termes, je ne pourrais jamais me le permettre par moi-même, mais je sais qu'Alistair ne sourcillerait pas devant le prix du sashimi de thon. En même temps, ça n'a pas l'air trop luxueux – et par là, je veux dire bien au-delà de ma zone de confort ou de celle de Becks. Shoreditch est notre genre d'endroit.

Parfait. Je réserve et j'envoie le point de localisation à Becks, qui explose de joie en émojis.

Je n'ai pas de cours de yoga à donner aujourd'hui, donc je ne sais pas trop quoi faire. Si j'étais chez moi, je serais en train de nettoyer mon appartement, de rechercher de nouveaux cours à suivre, et d'éviter mes factures. Je n'ai pas hâte de rentrer chez moi une fois que mon séjour ici sera terminé. Mon appartement à Camden ne m'a jamais donné l'impression d'être chez moi. La maison familiale, où mes parents vivent toujours, a toujours été si chaleureuse et pleine de bibelots intéressants provenant de leurs expériences et voyages excentriques. Entrer dans cette maison me donne toujours un puissant sentiment de nostalgie heureuse pour l'enfance que nous y avons passée. Et mes parents nous traitent toujours, mon frère et moi, comme des enfants, d'une certaine façon. Il y a toujours beaucoup d'embrassades et de questions sur comment nous allons, comment nous allons *vraiment*, pendant que Maman récolte des légumes de son potager, et que Papa prépare de délicieux repas. Et il y a toujours une boîte de biscuits un peu cabossée à emporter, ou une écharpe tricotée main. C'est comme entrer dans un câlin.

Les hippies font les meilleurs *parents*, dit toujours Becks.

Ce n'est pas comme si je me sentais chez moi dans la chambre d'hôtel – bien sûr que non. En fait, plus j'y pense, plus cela me fait sentir déracinée. Je suis toujours en conflit avec l'idée de ce que je fais de ma vie. Les jeunes avec qui j'étais à l'université ont fini par trouver un emploi dans la discipline que nous avons étudiée, contrairement à moi. Ils semblent s'épanouir dans leur carrière, et je vois constamment des annonces de leurs diverses promotions sur LinkedIn. S'ils ont contracté des prêts étudiants, je suis sûre qu'ils sont en bonne voie de les rembourser, contrairement à moi. Et puis bien sûr, il y a le reste : les partenaires stables, les demandes en mariage, les annonces de grossesse. Ce n'est pas que je veuille me marier. Je n'en ai jamais vraiment ressenti le besoin. Et je ne suis pas prête pour des enfants. Mon Dieu, non. J'arrive à peine à prendre soin de moi-même.

De plus, les enfants sont de véritables bombes à carbone. Mais quand je vois mes pairs progresser dans leur vie, je me sens à la traîne. Je suppose que c'est un peu ce que mon appartement de Camden symbolise pour moi. C'est un rappel constant de mon sentiment d'immobilité. La triste vérité, c'est que je n'ai aucune direction dans ma vie.

Quand je parle à mon père de mon manque de direction, il sourit et secoue la tête. Cet homme ne prend jamais rien trop au sérieux. La vie est une sorte de jeu amusant pour lui, et ça lui réussit bien.

Tu penses pouvoir dire à ta vie où aller ?

Eh bien, n'est-ce pas ce que tout le monde fait ? Établir un chemin et le suivre ?

C'est peut-être ce que les gens pensent faire, a-t-il répondu.

Et que penses-*tu* qu'ils font ?

Il a haussé les épaules avec cette désinvolture qui lui est propre. *La direction ne vient pas de toi. Elle vient de l'univers.*

Pas étonnant qu'Alistair pense que je suis une hippie quand j'ai des parents qui me donnent ce genre de conseils. Je n'allais jamais devenir une gravissante d'échelons d'entreprise avec des parents qui brûlaient de l'encens à la maison et servaient des brownies au cannabis à leurs amis. Mon frère a aussi choisi une carrière non traditionnelle. Il vit sur la côte et peint toute la journée. Il a de la chance ; il est incroyablement talentueux. Il ne gagne peut-être pas beaucoup d'argent, mais il vit sa meilleure vie. Il mange peut-être des nouilles comme moi, mais il a trouvé ce qui le rend heureux, et cela en vaut la peine. Je lui envoie rapidement un message.

Je te dois une visite ! Qu'est-ce que je peux t'apporter à part le livre ?

Argh. Je sens les bords de la mélancolie qui m'enveloppent. Je pensais que séjourner à l'hôtel tiendrait ma détresse à distance, juste temporairement. Comme une lune de miel ; un congé sabbatique de la vie ordinaire. Mais c'est tout le contraire. Voir tout cet argent autour de moi met en évidence ma situation financière.

Ce n'est pas la vie que je veux, je me rappelle.

Je veux un mode de vie simple, à faible impact, respectueux de la planète. Même si j'avais une direction et beaucoup d'argent disponible, je continuerais à faire mes achats dans des friperies.

N'est-ce pas ?

Jamie se connecte.

James Mickelson

Ivy ! Tu ne vas pas le croire. Il y a un écureuil dans le jardin. Il est TELLEMENT mignon.

J'aimerais pouvoir l'adopter.

J'aimerais qu'il entre et devienne mon animal de soutien.

Tu sais ce qu'on donne à manger aux écureuils ?

On peut le nourrir, Ivy ?

Je l'adore. Je veux qu'il soit ma muse.

Ce qui est merveilleux chez Jamie, c'est son bonheur presque constant et son émerveillement d'enfant. Sa vie est difficile à d'autres égards, mais mes parents et moi, ainsi que sa gentille aide-soignante, veillons à ce qu'il n'ait jamais à s'inquiéter de grand-chose.

C'est adorable. Tu lui as donné un nom ?

Non !!! Tu penses que je devrais ?

Que penses-tu de Gland ? Ou Écureuil ?

Ce sont deux noms brillants.

Tu crois que tu pourrais apporter de la nourriture pour écureuil ?

J'aimerais vraiment ça Ivy si tu peux.

L'écureuil est-il roux ou gris ?

Tu n'as pas le droit de nourrir les écureuils gris.

Mais Ivy, qu'en est-il des pauvres écureuils gris ?) :

Je suppose qu'ils doivent trouver leur propre nourriture. Désolée Jamie. Essaie de prendre une photo et envoie-la-moi, on verra ce qu'on peut faire.

Je vais prendre une photo.

Merci Ivy.

Super. Je viendrai très bientôt. Dis à Lorna que je lui passe le bonjour !

CHAPITRE 20
Oursin

MON SENTIMENT de malaise me poursuit tout au long de la journée, même si je fais de mon mieux pour l'ignorer. Je prends un bain long et luxueux, je lis mes nouveaux livres et je me prépare une salade croquante pour déjeuner. Quand la sonnette retentit, je ne sais pas qui cela pourrait être. J'ouvre à Henderson qui tient un colis portant mon nom.

— Madame, dit-il en me tendant la boîte.

Je la prends et le remercie. Elle n'est pas lourde. À l'intérieur se trouve une nouvelle tenue, à ma taille.

Adieu la friperie, je ne peux m'empêcher de penser, alors que la culpabilité fleurit en moi.

Ce n'est que pour une semaine, je me dispute avec moi-même. *Bordel de merde.* En plus, je ne me suis pas offert de nouveaux vêtements depuis des années. Un ou deux cadeaux d'Alistair ne changeront pas grand-chose à cet équilibre. Le nouveau pantalon en similicuir noir — que je n'aurais jamais choisi pour moi-même — est si flatteur et sexy que je ne peux pas m'empêcher de me regarder dans le miroir en pied. Le chemisier est également noir, mais avec un motif fin. Il s'évase un peu aux épaules et fait paraître mon ventre plus plat qu'il ne l'est. C'est un peu osé mais sophistiqué en même temps. Je l'adore.

Merci pour la nouvelle tenue ! Je l'adore.

ALISTAIR

J'ai pensé que tu méritais une nouvelle tenue pour ton dîner ce soir. J'ai hâte de te voir dedans.

Ou plutôt, j'ai hâte de t'en débarrasser.

Le sentiment est réciproque. Mais d'abord je pars pour un restaurant éphémère trèèès cher pour manger des sushis à Shoreditch.

Des sushis à Shoreditch ?? Je ne prendrais pas ce risque.

Shoreditch est super ! Bohème. Branché. Des restos éphémères de sushis avec des menus manga et des bars à glace.

Si tu le dis. *Frisson*

Tu es TELLEMENT snob.

On verra qui insultera qui quand je te tiendrai les cheveux ce soir pendant que tu vomiras ton sashimi à la salmonelle.

MDR ! Dégueu. Tu es le pire.

Sérieusement, tu es sûre de vouloir y aller ? Ce n'est pas l'endroit le plus sûr de Londres.

Bah. C'est super sûr. Et Henderson veillera sur moi.

D'accord. Amuse-toi bien.

Tu me tiendras quand même les cheveux ce soir ?

Toutes les putains de nuits.

Je te laisse maintenant, je sais que tu es occupé.

Dis à la personne qui a choisi la nouvelle tenue qu'elle a fait du bon travail. Ton assistante personnelle ?

Oh toi de peu de foi. C'est moi qui l'ai choisie.

Mensonge

Sérieusement. C'est moi.

Et je reprends mes fonctions de gestion d'événements, alors j'ai dû virer toute l'équipe parce que je planifie maintenant ma propre vie sociale.

Tu n'as PAS fait ça.

Tu as raison. J'ai hâte de te tenir les cheveux plus tard.

Lorsque j'approche du bar à sushis, j'entends un sifflement admiratif. Je me retourne pour voir Becks qui m'attend à la fenêtre. Je ris et me dirige vers elle, enveloppant ma meilleure amie dans une énorme étreinte.

— Tellement contente qu'on fasse ça ! je m'exclame.

— Moi aussi, dit-elle, le visage rayonnant, puis elle me regarde de haut en bas. Putain de merde, ma belle, tu es super canon !

— J'ai toujours pensé que cette expression était plus une insulte qu'un compliment, dis-je d'un ton précieux. Genre, d'habitude j'ai l'air d'une merde, mais pas aujourd'hui.

— Oh, chut, réplique Becks. Tu sais que tu es à tomber tous les jours.

Je détourne le compliment avec aisance. J'ai eu beaucoup de pratique. — J'ai hâte de manger des sushis. J'y pense depuis ce matin.

— Moi aussi. Je vois que tu as amené ton garde du corps. Elle hausse les sourcils de manière suggestive.

— C'est Henderson, dis-je. Il est là pour veiller sur nous comme un ange bienveillant.

— Qu'est-ce que tu ne me dis pas ? demande Becks, me regardant avec suspicion. Quel genre d'affaires fait ton sexy milliardaire au juste ?

— Bonne question, j'esquive.

Becks fronce les sourcils. — Tu veux dire que tu n'as pas demandé ?

— Non. Je veux dire, je ne comprendrais probablement pas de toute façon.

— C'est une étrange façon de voir les choses, dit-elle. Je ne suis pas sûre que tu réalises à quel point tu es intelligente, Ives.

— Je ne dis pas que je suis bête. J'ai bien réussi à l'école.

— Et tu lis une tonne de livres.

— Je dis juste que je ne suis pas du genre *entreprise*. Je ne suis pas dans les *affaires*. Quand j'entends du jargon commercial comme dérivés et rendement financier, mes yeux se vitrent. Je ne trouve simplement pas ça intéressant. Et à part ça, on déteste le capitalisme, non ?

— Je comprends, approuve-t-elle. Les entreprises avides sont l'ennemi.

— Exactement !

— Mais je pense quand même que tu dois savoir dans quoi tu t'embarques.

Une braise d'anxiété se loge dans ma gorge. — Allons boire un verre. C'est le sexy milliardaire qui régale.

— Alors, traîne Becks une fois que nous avons été

installées à une table avec des cocktails artisanaux au saké et au matcha. Balance tout.

Je rejette mes cheveux en arrière. — Qu'est-ce que tu veux savoir ?

— Putain, tout, exige-t-elle. Et n'oublie rien.

Mes joues s'enflamment. — Pour le bien de notre amitié, je vais omettre certaines choses.

— D'accord, répond-elle, prenant une voix sensuelle. Laisse le reste à mon imagination.

Nous trinquons et goûtons nos boissons. Citronnelle, thé vert, saké.

Je me sens légère et heureuse. J'adore sortir avec Becks, et c'est tellement génial d'essayer un nouvel endroit. — Je vais te dire la chose la plus excitante.

— Vendu.

— Nous sommes arrivés à un... accord hier soir. Au dîner.

— Je t'écoute.

J'avale ma gêne. Nous sommes meilleures amies, après tout. Becks me connaît mieux que je ne me connais moi-même. — Donc, en gros... il va m'aider à trouver ce qui me fait de l'effet.

— Ce qui t'excite ?

Je hoche la tête et prends une longue gorgée du cocktail avec de la glace pilée. Il commence à avoir un goût plus puissant.

— Eh bien, médite-t-elle, ça semble positif. La plupart des hommes que je rencontre se fichent complètement de ce que j'aime au lit.

— Pareil, je réponds. Enfin, jusqu'à maintenant.

— La plupart sont juste des marteaux-piqueurs en

pilote automatique, pour être honnête. Et puis après deux minutes de ça, ils sont là, genre, *tu as joui ?* Et je suis là, non, espèce d'idiot, bien sûr que je n'ai pas joui. Des abrutis finis, tous autant qu'ils sont. Ils sont comme des chiots, vraiment. Tu dois les dresser.

Sauf Alistair, je pense.

Becks lit dans mes pensées. — Sauf ton mec, d'après ce que j'entends.

— Honnêtement, Becks. Je n'ai jamais. Jamais, jamais de ma vie, eu des relations sexuelles comme ça.

— Oh mon dieu ! s'exclame-t-elle. Maintenant tu dois vraiment tout me raconter.

Je regarde l'entrée pour m'assurer qu'Henderson n'est pas à portée d'oreille. Le restaurant est bondé, alors je suppose que c'est bon.

— C'est juste comme s'il savait exactement comment fonctionne le corps d'une femme, tu sais ? Il sait quoi faire. Il connaît mon corps bien mieux que moi, ce qui est assez tragique quand on y pense. J'ai eu vingt-huit ans pour comprendre ce qui me fait du bien et je n'en sais pas plus.

— Jusqu'à maintenant, dit Becks.

J'écarquille les yeux pour montrer mon accord ardent. — Jusqu'à maintenant.

— Ce n'est pas comme si je ne te l'avais pas dit, dit Becks.

— Je sais ! Tu avais raison.

Même adolescentes, Becks me disait que j'avais besoin d'explorer mon propre corps.

Si tu ne sais pas ce qui te fait du bien, comment peux-tu espérer qu'un homme le sache ?

Mais maintenant, comme sorti de nulle part, il y a un homme qui sait *exactement* quoi faire. Un homme qui m'enseigne le plaisir profond et durable qui peut être atteint.

— Donc, tu as trouvé un homme qui n'est pas un automate de marteau-piqueur. Félicitations. Je peux te dire qu'ils sont rares. Ce n'est pas une petite victoire.

Nous trinquons à nouveau.

— Combien de temps vas-tu rester avec lui ?

— Cinq nuits de plus, je réponds. Il m'a invitée à rester une semaine.

— Jésus, dans cet hôtel ? Tu as décroché le gros lot.

Si seulement tu savais, je pense, me rappelant le premier orgasme que j'ai eu avec lui.

— Je me demande juste quel est le piège, dit-elle.

Le morceau de rainbow roll réinventé que je viens d'avaler semble coincé dans ma gorge. Je vide mon cocktail et fais signe pour un autre.

— Je sais, dis-je. Tout semble un peu trop beau pour être vrai.

— Bien reçu. Je vais faire quelques recherches, promet Becks.

— Nooon, je réponds. Ce n'est pas nécessaire.

— Tu es ma meilleure amie, et ce milliardaire est un inconnu. Bien sûr que c'est nécessaire. En plus, beaucoup de mes contacts me doivent des services.

— Ce n'est que cinq nuits de plus, dis-je.

— Faire semblant d'être bête ne marche pas avec moi, Ives. Toi et moi savons que ce ne sera pas aussi simple que ça.

— Ce n'est pas comme si on pouvait rester ensemble, je dis. Si c'est ce que tu veux dire.

— Je veux juste... Elle passe ses doigts dans ses cheveux. Je veux juste m'assurer qu'on sait dans quoi on s'embarque.

— Tu es une vraie amie, à dire *on* comme ça. Dans quoi *on* s'embarque.

— Tes problèmes sont mes problèmes, me rappelle-t-elle. Nous trinquons. Ce qui est à peine juste, vu que c'est toi qui as tous les orgasmes.

CHAPITRE 21

Libertine éthique

AU MOMENT où Henderson me fait monter dans la voiture, j'ai la tête qui tourne et je glousse. Becks et moi nous sommes dit au revoir au restaurant. Nous lui avons proposé de la raccompagner, mais elle a dit — avec un regard malicieux — qu'elle avait quelqu'un à voir. Becks a des amants occasionnels partout dans Londres. De nous deux, elle a toujours été celle qui s'intéressait le plus au sexe, plus ouverte d'esprit sur tout ce qui se passe dans la chambre à coucher. Elle ne limite pas ses options comme la plupart des gens. Hommes, femmes, groupes, soirées, elle fait ce qui lui plaît et ne ressent jamais le besoin de mettre une étiquette dessus, à part le hashtag *libertine éthique* qu'elle utilise parfois.

J'ai toujours envié son approche décontractée du sexe. Pour moi, cela a toujours été un sujet sérieux, pour une raison quelconque. Même l'acte lui-même, surtout avec Jeff, était une expérience sérieuse, principalement dans une pièce sombre. Il n'y avait pas de rires ni d'amusement. Quand le désir s'emparait de moi, les plaisanteries étaient terminées. Mais Becks l'aborde comme un jeu, tout comme Alistair. Un espace pour jouer et apprendre. J'espère que cela va déteindre sur moi — sans jeu de mots.

Sur le chemin du retour, Macavoy commence à conduire d'une manière étrange. Il ne cesse de vérifier le rétroviseur, puis freine et accélère. D'habitude, tout trajet avec le chauffeur d'Alistair est fluide, alors je me redresse et prête attention malgré l'alcool qui tourbillonne en moi. Je regarde par la lunette arrière, mais c'est presque impossible de voir quoi que ce soit. Il fait noir dehors, les vitres sont teintées et il pleut. Quelque chose ne va pas. Henderson surveille une voiture comme un faucon. Soudain, elle est juste à côté de nous, et au moment où je pense qu'elle va essayer de nous pousser hors de la route, les pneus crissent et la Renault disparaît. Henderson passe un appel chuchoté à quelqu'un tandis que la conduite de Macavoy redevient régulière. Une fois qu'il raccroche, il me regarde. « Tout va bien, » dit-il. « Juste un plaisantin. Rien d'inquiétant. »

Henderson m'accompagne jusqu'à la porte du penthouse et me souhaite bonne nuit. J'ai envie de le serrer dans mes bras et de lui dire la même chose, mais je ne veux pas le mettre mal à l'aise.

Le penthouse est faiblement éclairé, et de la musique classique se diffuse dans le système audio. Ça sent les roses et la cire de bougie. Je commence à enlever mes talons et perds presque l'équilibre, poussant un petit cri alors que je manque de tomber.

— Je te tiens.

La voix d'Alistair surgit de nulle part, me faisant

presque crier à nouveau. Il me soulève et me jette sur son épaule.

— Alistair ! je crie en riant. Pose-moi !

— Oh, je vais le faire, répond-il, puis il me lance sur le lit.

— Je porte encore mes chaussures.

— J'adore tes chaussures, dit-il. Garde-les. À quel point es-tu ivre ? Je veux savoir ce que je peux me permettre ce soir.

— Je ne suis pas ivre, je mens. Juste un peu pompette. En fait, très pompette. Je suis d'*excellente* humeur.

— Parfait, répond-il. Comment était le dîner ?

Je décide de ne pas mentionner la voiture qui nous suivait. S'il y avait un risque pour la sécurité, je suis sûre qu'Henderson l'aurait dit à Alistair.

— J'ai adoré. Becks aussi. Merci.

— Ravi de l'entendre. J'espère que tu as laissé un gros pourboire.

— Tu fais passer ça pour quelque chose de si indécent.

— C'est ton esprit qui est indécent. Je m'enquérais simplement du bien-être du serveur.

— J'ai laissé un pourboire substantiel, dis-je. J'ai vu les montants que tu laisses, et je voulais te rendre fier.

— Tu commences à comprendre comment ça marche.

Son expression est approbatrice.

— Oui, en effet, dis-je d'une voix que j'espère sensuelle.

— Ça t'a fait du bien ? De donner un pourboire comme ça ?

— Oui. J'ai adoré. C'était l'un des moments forts.

C'était vrai. C'était si agréable que cela me donnait envie de gagner plus d'argent.

— Donc l'argent n'est pas la racine de tous les maux, alors ?

— Je n'ai jamais dit que c'était le cas.

— Ha, ricane-t-il. Mais tu le penses toujours.

— Tu te trompes, dis-je. Je pense toujours à *toi*.

Je me mets à genoux, vacillant un peu sur le lit, et j'ouvre sa robe de chambre, révélant son corps de dieu. « Et je pense toujours à ta magnifique *queue*. »

Le mot sonne durement dans ma bouche. Je n'y suis pas habituée, mais j'ai le sentiment que cela va changer. Pour l'instant, le courage liquide fera l'affaire.

— J'ai attendu ce moment toute la journée, je murmure.

Il tire doucement ma tête en arrière et j'entrouvre mes lèvres, désirant qu'il m'embrasse. « Tu m'as volé les mots de la bouche, » chuchote-t-il, puis il plonge sa langue à l'intérieur. Je sens une étincelle de désir physique là où nos lèvres se rencontrent, et elle se propage dans mon corps tandis qu'il m'embrasse intensément.

— Alistair, je gémis quand nous reprenons finalement notre souffle. Je tiens sa queue, doucement mais fermement. J'ai tellement envie de toi. J'ai eu envie de sucer ta queue depuis l'instant où je t'ai vu.

Jusqu'à présent, notre sexualité a été centrée sur moi et mon corps. Il est temps qu'il soit vénéré.

Il inspire profondément, appréciant la sensation de ma paume sur lui.

En fait, je décide, dans mon état embrumé par le saké, que je dois faire plus pour Alistair. Il fait tellement pour moi. Je vais commencer à faire mes propres recherches sur la façon de faire plaisir à un homme. Je ne connais que les bases, mais je veux qu'il soit renversé – pour ne pas faire de mauvais jeu de mots.

— Je veux te faire plaisir, dis-je.

— Oh, Ivy, tu le fais *déjà*, répond-il.

— Dis-moi ce que tu veux que je fasse.

Il semble y réfléchir un instant. « Enlève ton haut. »

Je suis à genoux sur le lit. Je porte toujours mes talons. Je le fixe du regard tandis que j'enlève mon nouveau chemisier. Le soutien-gorge que je porte est en dentelle et remonte mes seins parfaitement.

Alistair passe un doigt le long du haut de la dentelle. C'est si lent, et si diablement sexy.

— Enlève-le, répète-t-il, et j'obéis.

Mes seins se libèrent et Alistair inspire profondément. Je sais qu'il admire la façon dont ils bougent ; j'aime aussi la façon dont ils bougent. Ils me font me sentir si féminine, si sexy.

En voyant la faim dans ses yeux, je n'attends pas la prochaine instruction. J'approche mon visage de sa queue et lentement, doucement, je mets juste le bout dans ma bouche.

Il exhale en un long sifflement. Savoir que ça lui fait du bien m'excite tellement. Je garde mon geste super doux, super lent, je taquine juste le bout avec ma langue. Déjà dur dans ma main, son sexe durcit encore plus, et je commence à bouger mes doigts de haut en bas sur sa hampe pendant que ma langue s'occupe du gland. Il gémit. Je peux dire qu'il a besoin de plus, mais je le fais attendre.

Tout comme il me fait attendre. Chacun son tour.

Quand il gémit à nouveau, plus urgemment, je laisse plus de sa longueur entrer dans ma bouche, ma main serrant plus fort à la base, qui est maintenant délicieusement glissante. Je commence progressivement à faire des va-et-vient avec ma tête au même rythme que ma paume, qui glisse de haut en bas. J'ajoute une autre main et les fais tourner dans des directions opposées, enroulées autour de sa circonférence. La respiration d'Alistair devient plus forte. Il met un doigt sous mon menton pour lever mon visage vers le sien, et nous gardons le contact visuel pendant que je le lèche et le suce.

Je gémis aussi. J'adore la sensation de l'avoir dans ma bouche. J'aime la sensation et le poids de sa queue, si dure mais avec une peau si douce. La façon dont elle glisse dedans et dehors, touchant presque le fond de ma gorge, tandis que ma langue tourbillonne autour, et que ma succion et mon étreinte deviennent de plus en plus fortes.

Alistair grogne. Il ne peut pas rester immobile. Il commence à baiser lentement ma bouche et j'adore ça. Je le prends plus profondément et sa tête bascule en arrière tandis qu'il gémit.

— Ivy, murmure-t-il. Ivy.

Je suis tellement excitée maintenant que je pense que je pourrais jouir, mais je ne veux pas qu'il jouisse. J'ai besoin de l'avoir en moi.

Comme s'il lisait dans mes pensées, il arrête de bouger dans ma bouche.

— À ton tour, dit-il.

Je le désire tellement que j'ai envie de dire que je ne veux rien d'autre que sa grosse et magnifique queue en moi. Mais ensuite je me souviens de l'accord.

L'accord ne consistait pas à choisir la voie facile, mais à être ouverte, curieuse et à essayer de nouvelles choses. S'il ne me reste que cinq nuits, nous n'avons pas un instant à perdre. Autant j'ai envie qu'il commence simplement à me pilonner, autant je sais que je jouirais rapidement s'il le faisait, ce n'est pas ce dont nous avions convenu.

Je prends une respiration et attends d'autres instructions.

— Sur le dos, ordonne-t-il.

Je fais ce qu'il dit. Il sort un sac en cuir noir avec un cadenas doré. Il entre la combinaison sur le cadenas et il s'ouvre. Le bruit de l'ouverture de la fermeture éclair du sac m'effraie et me ravit à la fois. Maintenant que j'y pense, cela résume assez bien ce que je ressens pour Alistair Ravenscroft également.

Effrayée.

Ravie.

J'espère juste qu'il y ira doucement avec moi.

Il sort quelques morceaux de tissu ; de larges rubans noirs. Je ne sais pas à quoi ils servent, mais ils n'ont pas l'air trop dangereux. Il saisit mes poignets et utilise le tissu — qui s'avère être du Velcro doublé de satin — pour attacher mes bras. Il fait de même avec mes chevilles, puis sort une barre d'écartement et la fixe à mes genoux pour garder mes jambes bien écartées. Ensuite vient un bandeau de satin qu'il utilise pour couvrir mes yeux.

Je suis plongée dans l'obscurité. Mon cœur s'emballe. Je sais que je suis en sécurité parce que je suis avec Alistair, mais il y a quand même quelque chose en moi qui panique un peu. L'obscurité me fait me sentir plus consciente de mon corps. Il n'y a pas de lueurs de distraction, juste ce que je peux sentir, humer et entendre. Ce que j'entends, c'est Alistair qui fouille dans son sac spécial de jouets. Appréhensive, mon estomac se noue.

D'accord, me dis-je. *C'est nouveau. Ce n'est pas trop effrayant. Je peux gérer ça.*

— Tout va bien ? demande Alistair.

— Oui, je dis. Vas-y doucement.

— Oh, c'est bien mon intention, répond-il, sa voix rauque faisant vibrer mon corps d'anticipation.

C'est une sensation étrange, cette poussée et ce tiraillement en moi. Cette nervosité couplée au désir. Est-ce ce qu'Alistair veut dire quand il parle de rester curieuse ? D'être ouverte ?

Je suis tirée de mes pensées tumultueuses quand je sens de l'huile chaude dégouliner sur mes seins et mon ventre. Ensuite, les mains chaudes et masculines d'Alistair sont partout sur moi, glissant avec l'huile, massant et pétrissant mon corps.

— C'est incroyable, je ronronne.

— J'adore te toucher, dit-il. Ce corps... cette peau. Je n'en ai jamais assez.

Ses mains sont si expertes, si confiantes alors qu'elles transforment mon corps en ce qui ressemble à une montagne de gelée. Il ne restera plus rien de moi après ça, je pense. Chaque partie de moi est vivante et attend sa prochaine caresse. Ses paumes enveloppent mes seins, ses doigts pincent mes tétons.

Je gémis de surprise et de plaisir.

Mais ensuite je sens quelque chose de différent, quelque chose qui n'est pas ses doigts. Une pression aiguë sur mes tétons qui n'a rien à voir avec ses mains.

Des pinces à tétons ! Elles m'ont toujours semblé si douloureuses. Je ne connais peut-être pas mes fantasmes, mais je sais que le S&M n'en fait pas partie.

— Est-ce que ça va ? demande-t-il.

Je n'en suis pas sûre. Ce n'est pas *désagréable*, alors je hoche la tête.

— Bonne fille, répond-il, en donnant un petit coup joueur à l'une des pinces.

Je respire et me concentre sur cette sensation nouvelle, qui est amplifiée par ma cécité. Elles ne sont pas douloureuses, pas tout à fait, mais pleines de sensations. C'est comme ajouter une toute nouvelle couche de sensibilité à mes seins.

— C'est agréable, je décide finalement.

Pinces à tétons, barre d'écartement, bandeau et liens de contention... J'espère que c'est tout ce qu'il sort de son sac, car je pense que ça pourrait être ma limite pour la nuit.

Soudain, ses lèvres sont sur les miennes, sa langue plongeant profondément dans ma bouche, que j'ouvre grand. Je veux qu'il sache que je suis complètement ouverte à lui.

— Dis-moi que tu es à moi, grogne-t-il.

— Je suis à toi, Alistair. Je suis à toi et uniquement à toi.

Je ne veux appartenir à personne d'autre. Jamais.

— Bonne fille, dit-il, en prenant fermement mon visage dans sa main. Tu te souviens de ton mot de sécurité ?

CHAPITRE 22

Prends-moi comme tu veux

— OUI, je réponds, en espérant ne pas en avoir besoin.

Luisante d'huile, ma chatte palpitante, j'aimerais presque qu'il me baise tout simplement. La partie paresseuse et excitée en moi désire juste une satisfaction immédiate, mais ce n'est pas le style d'Alistair.

Il verse plus d'huile sur mes seins, puis ses mains me massent à nouveau, chaudes et glissantes. Son toucher est ferme, et je m'y abandonne avec délice. J'aimerais pouvoir rester allongée sous lui pour toujours.

La main gauche d'Alistair est sur mon sein. Sa main droite descend vers ma chatte, qui est plus que prête à l'accueillir. Sa paume appuie sur mon mont de Vénus avec juste ce qu'il faut de pression. Même s'il ne touche pas directement mon clitoris, celui-ci palpite sous sa main puissante. Je cambre le dos, espérant qu'il appuiera plus fort, qu'il me pénètrera, ayant besoin qu'il entre en moi et me remplisse.

— Tes doigts, je dis. Je veux tes doigts en moi.

Je sens ses doigts à mon entrée, ce qui me rappelle

brièvement le club. Le sexe surréaliste avec la bouteille de champagne. Ça semblait être un fantasme alors, et ça y ressemble maintenant. Un frisson parcourt mon corps.

Ses doigts jouent toujours à mon entrée, me rendant folle.

— S'il te plaît, je supplie. En moi, maintenant.

— J'adore être en toi, murmure-t-il. Mais tu n'es pas encore prête.

— Je le suis ! Je le suis, Alistair. S'il te plaît.

Pourtant, ses doigts attendent, massant doucement l'ouverture qu'il me tarde qu'il franchisse. Je ne demanderai plus. Je comprends qu'il ne le fera qu'à son rythme, même si cela me rend folle. Avec mes poignets attachés au lit, je n'ai même pas la possibilité de me toucher moi-même. Mon plaisir dépend entièrement de cet homme délicieux.

Je me demande ce que je pourrais faire pour qu'il me pénètre. Je réprime le désir qui menace de me consumer.

Finalement, il insère juste le bout d'un doigt. C'est à la fois bienvenu et frustrant. J'ai besoin de beaucoup plus, beaucoup plus vite. Je commence à bouger les hanches pour avoir plus de lui en moi, mais mon amplitude de mouvement est limitée par les liens et la barre d'écartement. Alors que ma frustration augmente, quelque chose devient clair dans mon esprit.

Je comprends que je dois lâcher prise.

Je dois détendre tout mon corps, jambes écartées et tout, et me soumettre à lui.

Avec une profonde expiration, je m'allonge, forçant mes muscles à se fondre dans le matelas.

— Oui, siffle Alistair. Tu es toute à moi.

Je hoche la tête.

— Ton corps m'appartient.

— Oui, je répète.

Il est à toi.

Je suis à toi.

Je veux qu'il sache que je prendrai tout ce qu'il voudra me donner. — Prends-moi comme tu veux.

Il grogne, et je peux entendre la faim et l'excitation dans ce son. — Tu es sûre ?

Mon estomac se noue, et je force la nervosité qui s'y trouve à se relâcher, à se dénouer, à céder au toucher doré d'Alistair. Je m'enfonce dans le lit. — Oui.

J'entends le sac noir, puis un bourdonnement. Une sorte de vibrateur. Ensuite, sa bouche est sur moi. Je halète tandis que sa langue écarte ma chatte en larges cercles. C'est parfait. Je laisse échapper un long gémissement de plaisir.

De l'huile chaude trouve mon clitoris, suivie du jouet vibrant. Mais ce n'est pas comme un vibromasseur ordinaire. Il va directement sur mon clitoris *et l'aspire.*

— Putain de merde, je m'écrie. *Je n'ai jamais.* J'aimerais pouvoir le voir, mais j'ai toujours les yeux bandés.

Alistair rit doucement.

Le jouet magique rassemble toutes mes terminaisons nerveuses en une grosse boule de plaisir. C'est presque trop. Mes poignets bougent contre les contraintes, mes cuisses tremblent. Puis les doigts d'Alistair reviennent, enduits d'huile. Il me taquine et pousse deux doigts en moi.

— Pu-u-tain, je gémis. C'est si bon. C'est tout. Juste les avoir en moi me fait pulser autour d'eux.

Ne bouge pas, j'ai envie d'exiger. *Ne change rien. C'est absolument parfait.*

Mais il bouge. Avec une lenteur douloureuse, il fait entrer et sortir ses doigts. Dedans et dehors, tandis que le jouet m'aspire. *Putain !*

Tout mon corps tremble alors que mon orgasme se construit. Je respire aussi consciemment que possible, mais mon corps semble hors de contrôle. Hors de *mon* contrôle, en tout cas. Alistair semble parfaitement maîtriser la situation.

J'essaie de me détendre à nouveau, persuadant mon corps de lâcher prise. De faire confiance à Alistair.

Il courbe ses doigts vers le haut, vers mon ventre, et commence à taper sur mon point G. Je halète alors qu'un tout nouvel univers de sensations s'ouvre à moi.

Qu'est-ce que c'est que ça. Bon sang.

Il retire ses doigts, et je ressens immédiatement un sentiment de perte. Mais avant que je puisse réagir, ses doigts sont de retour en moi, m'étirant largement. *Oui !* Trois doigts, peut-être quatre. Je ne pense pas avoir jamais eu plus que deux et c'est si étrange et différent de ce dont j'ai l'habitude. L'intensité chasse les pensées de mon esprit, et je suis de retour dans mon corps. Je dois respirer pour le laisser entrer complètement.

— Ouvre-toi pour moi, murmure-t-il à mon oreille. Le son me fait presque jouir.

Je continue à respirer, essayant de m'ouvrir aussi largement que possible alors qu'il pousse en moi, milli- mètre par millimètre.

— Oh, je dis. Je n'ai jamais ressenti ça avant. Que fait- il ? Plus d'huile. Plus de doigts. *Aïe.*

Oh mon dieu ! Va-t-il-

— Je ne sais pas si je peux faire ça, je murmure.

Le jouet aspire toujours, et toute ma vie se contracte dans cette sensation étrange et incroyable.

— Je te tiens, dit-il. Ouvre-toi.

Putain !

Je perds la trace de ce que sa main fait, en partie parce que j'ai les yeux bandés et que je me débats, et en partie parce que mon cerveau ne fonctionne plus à cause de l'intense sensation physique. Tout ce que je sais, c'est qu'il m'étire plus largement que je ne l'ai jamais été, et qu'en même temps il touche *toute* ma zone G, faisant chanter ma vessie.

Sa patience est sans égale. Il prend son temps, ce qui semble des heures, glissant dedans et dehors, m'étirant. Je sens chaque mouvement subtil, voulant qu'il progresse, mais ayant peur en même temps.

— Maintenant, ça pourrait être un peu inconfortable au début, dit-il.

Ça pourrait être un peu inconfortable ? Il y a *plus* ?

— Je ne sais pas, je réponds. Je ne sais pas si je peux en prendre plus.

— Tu peux en prendre plus, m'assure-t-il. On y est presque.

Presque. Presque où ? Mon esprit est dans l'espace.

— Prête ? demande-t-il.

Oh mon dieu. Où cela va-t-il mener ?

Oui, je suis prête.

— Oui, je dis. *Oui, s'il te plaît.*

Il retire le jouet bourdonnant un instant. De l'huile chaude coule sur mon clitoris, se répandant sur toute ma chatte. Puis le jouet revient, m'aspirant tandis qu'Alistair pousse ce que je suppose être ses cinq doigts en moi.

— Putain ! je m'exclame.

— Je ne m'arrêterai pas avant que tu prononces le mot de sécurité.

— Ne t'arrête pas, je sanglote.

Il est là encore, partout sur le plafond de ma chatte, sur chaque centimètre à l'intérieur de moi. Il n'y a aucune partie de moi qu'il ne touche pas. C'est incroyable. Il me possède. Je pulse spontanément. Je vais jouir si fort. Mais je sens que ce ne sera pas un orgasme ordinaire. Je suis si loin que je ne sais pas à quoi ça va ressembler.

— Je suis si proche, je murmure. En fait, j'y suis, mais c'est si bon que je veux faire durer. J'ai besoin que cette sensation étrange et nouvelle dure encore quelques instants pour que je puisse essayer de la comprendre.

C'*est* inconfortable, et pourtant mon corps le désire. Ce n'est pas agréable à cent pour cent, comme quand Alistair me lèche. C'est étrange, et me pousse à mes limites. Je ne veux pas que ça s'arrête.

— Presque là, dit-il à nouveau.

Je hoche frénétiquement la tête. *Oui. Presque là.*

— Plus large, dit-il.

Je ne peux pas.

Je suis déjà si pleine.

À mon point de rupture.

— Plus large, Ivy. Ouvre-toi *complètement*. Complète-ment pour moi.

Je vais jouir.

J'essaie de m'ouvrir davantage, mais mon orgasme est juste là. Je peux déjà en sentir les prémices.

— Plus, insiste Alistair.

Putain !

L'aspiration, l'huile. Je suis étirée à ma capacité maximale. La main libre d'Alistair serre mon visage et cela me pousse presque au-delà du bord.

Je détends ce qui doit être la toute dernière partie de moi-même, profondément à l'intérieur, et Alistair s'exclame alors que toute sa main est enfin en moi.

— Ouiii, murmure-t-il.

L'intensité n'a rien à voir avec ce que j'ai ressenti dans ma vie. Tout disparaît sauf le poing d'Alistair, et je ne peux plus me retenir.

Je crie tandis que je chevauche la vague qui fonce vers l'orgasme, puis celui-ci me frappe si fort que j'ai l'impression de suffoquer parce que je ne peux pas putain de respirer.

Je m'en fiche.

Ma chatte serre le poing d'Alistair, me faisant crier à nouveau, car la pression supplémentaire fait monter l'orgasme dans la stratosphère.

Je pense que je vais mourir. Je pense que je vais me dissoudre. Puis la vague suivante arrive, cette fois répandant une chaleur spiralée et des picotements dans tout mon corps, de mon visage à mes orteils.

Quelle est cette magie ? J'ai entendu parler d'« orgasmes de tout le corps », mais honnêtement, je pensais que c'était une exagération. Ça ne l'était pas. Je peux encore le sentir dans mes mains et mes pieds.

Alors qu'il s'estompe, une autre vague plus douce arrive, plus comme un orgasme ordinaire, et mes abdominaux se contractent puis se relâchent. *Sainte mère de dieu.*

Je jouis encore alors qu'il retire lentement sa main, puis je m'allonge, toute énergie épuisée.

Pendant que je récupère, sentant encore les picotements et les décharges, Alistair retire doucement les liens, les pinces et la barre d'écartement. Je soulève mon bandeau. Je ne sais pas si je dois rire ou pleurer.

Peut-être les deux.

Je suis un désastre.

Je suis brisée.

Il m'a brisée de la meilleure façon possible.

CHAPITRE 23
Brisée

— JE SUIS BRISÉE, dis-je en souriant. Tu m'as brisée.

— Tu n'as pas l'air brisée, répond Alistair. Tu es putain de magnifique.

Nous sommes dans le bain ensemble, couverts de bulles, et alors que son pied est entre mes jambes, le mien est massé par ses mains magiques.

— Je n'ai jamais... je commence, mais il y a trop de façons de terminer cette phrase.

J'ai toute son attention. — Tu n'as jamais ?

Je vais en choisir une pour l'instant. — Je n'ai jamais eu un orgasme qui parcourt tout mon corps.

Il a l'air satisfait. — Ravi d'avoir pu t'être utile.

— Tu crois que ça va... se reproduire ?

— J'espère bien, répond-il. On ne fait que commencer.

C'est vrai. Mais c'est aussi vrai qu'il ne nous reste que quatre nuits. — C'était incroyable. Vraiment. C'était tellement bon que ça me fait remettre en question mes choix de vie.

Alistair rejette la tête en arrière et éclate de rire.

— Sérieusement ! j'insiste. Je ris aussi. Qu'est-ce que j'ai fait de ma vie ? Je vais te dire. Je l'ai gaspillée ! J'ai gaspillé des années précieuses alors que j'aurais pu avoir des orgasmes hallucinants qui parcourent tout mon corps.

— Eh bien, admet-il, comme s'il concédait le point, quand tu présentes les choses comme ça.

Il échange mon pied pour l'autre, et bientôt son pouce travaille sur ma plante de pied d'une manière qui semble interdite aux mineurs.

— Tu n'as pas encore joui, dis-je.

Il n'a pas l'air inquiet. — On a le temps.

— Comment veux-tu le faire ? je demande. Tes désirs sont des ordres.

— Je ne suis pas encore sûr. Comment *aimerais-tu* le faire ?

Je me sens soudainement, ridiculement timide. — Je ne suis pas encore sûre, je répète.

J'incline ma tête en arrière, savourant l'eau chaude et le toucher d'Alistair. Le lustre scintille contre le plafond.

— Dis-moi quel a été ton moment préféré, dit-il.

— Oh mon dieu, je réponds. Je ne prenais pas de notes ! Tout était tellement intense.

— Ne réfléchis pas trop, m'encourage-t-il. Dis-moi juste une chose qui t'a fait vraiment du bien.

— J'... adore quand tu masses mes seins, et mes fesses. J'adore l'huile chaude partout. Et quel que soit ce jouet. Seigneur.

— Technologie à air, explique-t-il. Je ne peux pas dire s'il plaisante.

— J'ai vraiment aimé quand tu m'as écrasé le visage.

Il rit, l'air amusé et un peu perplexe en même temps. — Je t'ai *écrasé* le visage ?

— J'ai aimé ça. J'en voudrais plus.

— Oui, madame.

— Et j'adore te sentir sur mon point G. Je pensais que j'allais exploser et mouiller le lit.

Les muscles de sa mâchoire tressaillent. — Si tu joues bien tes cartes, la prochaine fois, c'est ce qui arrivera.

Je n'ai pas le temps de me sentir timide, car avant que je ne m'en rende compte, mon gros orteil est dans sa bouche. Ça m'envoie un frisson dans la jambe. Il doit aimer ça aussi, car il est presque immédiatement dur.

— Tu es incorrigible, dis-je.

C'est étrange, mais agréable. Les bulles rendent notre peau lisse et glissante, nos corps faciles à pénétrer.

— Tu es prêt à jouir ? je lui demande.

Il relâche mon pied, et je me mets à califourchon sur lui, là, dans le bain. J'abaisse mes seins vers son visage, et il mord doucement la peau et suce mes tétons.

Je n'arrive pas à croire que je suis excitée à nouveau.

Je cherche sa belle et grande queue glissante et me laisse lentement glisser dessus. Il soupire de plaisir.

— Elle me paraît énorme, dis-je.

— C'est parce que tu es gonflée. Tu es toujours si putain de serrée.

Je reste là un moment pendant que nous nous habituons tous les deux à la sensation, puis je me penche à nouveau pour qu'Alistair puisse sucer mes tétons. J'alterne mes lèvres et mes tétons, plongeant ma langue dans sa bouche tandis que je le chevauche lentement, sentant sa longueur entière en moi.

C'est lent et sensuel, et bien que j'aime habituellement qu'Alistair soit le patron, c'est agréable de contrôler la profondeur et le rythme. Je le serre, et il gémit. Il met ses doigts dans ma bouche, et je les suce. C'est tellement érotique. Je me sens spasmer autour de lui et il gémit à nouveau.

— Tellement bon, dit-il.

Je suce plus fort ses doigts, et il agrippe mes fesses, me soutenant pendant que je le chevauche.

Mes cuisses sont assez fortes grâce au yoga, mais elles commencent à fatiguer. Alistair remarque que je tremble et ralentis, et il n'en veut rien savoir. Il me soulève, sort, et m'offre sa main. Il m'emmène dans la douche, choisit le réglage massage, puis me pousse contre le mur tandis que l'eau chaude martèle nos corps.

La vapeur remplit la pièce et j'entends Billie Eilish dans ma tête même s'il n'y a pas de musique. Les doigts d'Alistair trouvent mon entrée puis sa queue est en moi. Je m'agrippe à la paroi de verre embuée contre laquelle je suis poussée. Il n'y a pas grand-chose à quoi se tenir — foutu minimalisme — mais la queue d'Alistair me fait tellement de bien que je m'en fiche. Peut-être parce que je sais qu'il me rattrapera.

Il commence à pousser fort. Je le sens sur mon point G à nouveau, me donnant ce sentiment de perte de contrôle comme si j'allais juste jaillir partout.

Plus vite, plus fort. Tout au monde sauf nos corps

disparaît. L'eau de la douche tambourine contre nos muscles.

Ne m'attends pas, je veux dire. Il n'y a aucune chance que je jouisse à nouveau après tout ça. Mais ensuite il frappe *exactement* au bon endroit, et il le sait, car il a sa queue exactement où j'en ai besoin.

— Oh merde, dis-je, surprise par l'orgasme que je sens venir.

— Ouais ?

— Ouais. *Putain ouais. Cent fois ouais.*

Il gémit pendant qu'il continue, essayant de retenir son propre orgasme. Je prends le risque d'enlever une main stabilisatrice du mur pour frotter mon clitoris, et quelques délicieux moments plus tard, j'y arrive.

— Je jouis, je gémis.

Alistair rugit et me pilonne de toutes ses forces, faisant exploser mon orgasme au moment même où le sien éclate. Nous crions tous les deux avec l'intensité de ça.

Nous restons comme ça un moment, sous l'eau battante, Alistair m'étreignant par derrière.

— Tu seras ma mort, dit-il.

Pareil pour toi, je veux répondre. Je ne peux même pas mettre en mots à quel point il a chamboulé ma vie. Je ne me reconnais même plus.

— Tu es une force de la nature, je déclare. C'est définitivement ce qu'il est, la façon dont il a fait irruption dans ma vie et dans mon corps. Tu es une tornade.

Il me fait tourner pour que je lui fasse face et me regarde dans les yeux. — *Tu es* la tornade.

Alistair m'enveloppe dans une serviette duveteuse et

m'emmène au lit. Je ne sais pas en quoi sont faites les serviettes des riches, et je ne sais pas comment elles restent si douces, mais je me blottis dedans tandis qu'Alistair me tient par derrière.

— Es-tu heureux ? je demande.

Je ne sais pas d'où vient cette question, sauf peut-être que je me sentais si contente et satisfaite.

— Seulement quand je suis avec toi, répond-il, son étreinte se resserrant autour de moi. Ses bras puissants me font sentir féminine, aimée, protégée.

Oh-oh, je pense. *Ne pas m'attacher.*

Ne pas m'attacher au mauvais milliardaire.

Mais je ne suis pas *si* naïve. Je sais qu'il est déjà trop tard.

CHAPITRE 24
Beignets

JE ME RÉVEILLE en pensant que quatre nuits de plus ne suffiront pas. Bien sûr, ce ne sera pas assez pour faire toutes les explorations que nous voulons faire. Mais la raison même pour laquelle j'ai accepté cet arrangement plutôt exotique était qu'il ne durerait qu'une semaine. S'il devait durer plus longtemps, cela me compromettrait.

Je sais qu'Alistair rirait de ça, mais c'est vrai.

Mon père dit toujours que si tu ne défends rien, tu tomberas pour n'importe quoi.

Avant de rencontrer Alistair, j'avais une boussole morale, une responsabilité envers la planète pour faire ce que je pouvais pour lui nuire moins, et encourager les autres à faire de même. Je sais que je ne suis pas Greta Thunberg, mais je faisais ma part.

Maintenant j'ai l'impression de ne me soucier de rien d'autre qu'Alistair. Le monde pourrait être en feu, mais tant que je l'ai, tout ira bien. Il est plus qu'une distraction. C'est une addiction qui change ma vie.

— Ce n'est pas le visage de quelqu'un qui a eu un sexe incroyable hier soir, dit Alistair, arrivant avec du café. Il porte encore ses vêtements de gym, ce qui lui donne l'air d'un mannequin de sportswear.

Je ris. — Je fronçais les sourcils ?

— Plutôt au bord des larmes. Ça va ?

Le café est excellent, comme toujours. Je décide de temporiser. Il n'a pas envie d'entendre mes problèmes ridicules de premier monde. Je devrais garder son étrange monde parfait séparé de mon propre monde *réel* avec ses vraies luttes.

— Ce n'est rien, dis-je.

Il s'assied sur le lit. — Vas-y.

Je ris doucement. — Vraiment, ça va.

— Voilà un signal d'alarme, dit-il. Je sais avec certitude que quand une femme dit « ça va », ça signifie le contraire.

Je soupire. Je me sens pathétique.

Il me frotte la jambe, toujours bien au chaud sous la couette. — C'était trop hier soir ?

— Non ! je réponds. Hier soir, c'était putain d'*incroyable*.

Quatre nuits de plus ne suffiront pas.

Alistair plisse les yeux, essayant de me comprendre. — Donne-moi une seconde, dit-il en sortant son téléphone. Il compose rapidement un numéro.

— Tu commandes des beignets pour moi ? je chuchote. Les beignets me remontent toujours le moral.

— Ce sera mon deuxième appel, dit-il en me faisant un clin d'œil.

— Gaz, dit-il. Annule tout pour aujourd'hui. Je ne viendrai pas.

Je rougis. — Non, n'annule pas ta journée ! je murmure. Ça va !

— Non, ça ne va pas, répond-il silencieusement.

— Merci, Gaz. À demain. Ouais, je sais. Merci.

Alistair me regarde. — Quels types de beignets tu aimes ?

J'éclate de rire. Il est si merveilleux.

— Es-tu narcissique ? je demande.

— Euh, dit-il. Je ne pense pas ? Pas sûr. Pourquoi ?

— J'ai l'impression que tu me bombardes d'amour.

— Et c'est... une mauvaise chose ?

— Oui.

— Hmm, dit-il, passant ses doigts dans ses cheveux parfaits. Tu vas devoir m'expliquer ça comme si j'avais sept ans.

— Tu es trop gentil.

— Donc tu ne *veux pas* de beignets ?

— Je veux vraiment des beignets, je réponds.

— Mais tu ne veux pas... *mes* beignets ?

— Je veux tes beignets plus que je n'ai jamais voulu les beignets de quiconque.

Son sourire est diabolique. — Bien que je sois exceptionnellement ravi de l'entendre, j'ai peur de toujours avoir du mal à comprendre ce qui se passe ici.

— Je t'expliquerai au petit déjeuner, dis-je. Je t'emmène.

Il fait une grimace. — Sans vouloir t'offenser, je ne veux pas de chinois bas de gamme pour le petit déjeuner.

— Quel snob, je réponds en le frappant.

— Ce n'est pas comme si je n'appréciais pas l'offre de nouilles figées et de raviolis douteux, surtout avec tout ce délicieux MSG.

Je fais semblant de m'offusquer. — Tu es un snob *et* un raciste.

— Je suis raciste ? Parce que je n'aime pas nager dans le glutamate de sodium ?

— Oui.

Il rit encore. — Vous les jeunes.

— Je ne suis pas *si* jeune, dis-je. Ce n'est pas parce que je vis comme une étudiante fauchée que je suis adolescente. Toi, en revanche, tu es antique.

— Vraiment ? dit-il, cachant son sourire. Antique ?

— Gériatrique, je plaisante.

— Un gériatrique ferait-il ça ? demande-t-il. Il enlève la couette d'un coup et attrape mes fesses, puis se penche et les mord.

Je pousse un cri aigu et donne des coups de pied. Il attrape mes jambes pour éviter de recevoir un genou dans le nez, embrasse la marque de morsure et me recouvre de la couverture.

— Tu es antique à quel point, d'ailleurs ? je demande.

— Trente-huit ans, répond-il.

Je fais semblant d'être scandalisée. — C'est presque quarante !

— J'ai l'air d'en avoir trente, par contre, dit-il.

Je ricane, mais je le taquine juste. Il paraît jeune, mais ses vêtements et ses manières sophistiqués le font paraître plus âgé.

— C'est une des raisons pour lesquelles je te trouve si attirant, dis-je.

— Mon visage jurassique ?

— Ta maturité.

— C'est une façon de me dire que je suis vieux.

— Non, je suis sérieuse, dis-je. Je n'ai jamais fréquenté que des garçons. Des garçons qui ne peuvent pas contrôler leurs humeurs, qui font des erreurs stupides, qui hésitent et perdent des choses et crient et font des caprices... puis disent à tout le monde de grandir.

— Dur, dit-il.

— Mais vrai, je réplique. Mon cœur bat plus vite. Est-ce que cela se transformait en un *moment* ? Mais toi, tu es complètement différent. Tu es tellement... en contrôle. De toi-même, de ton environnement. Ça me fait me sentir en sécurité.

Sa poitrine se gonfle d'une respiration profonde. — J'en suis content. Je suis content que tu te sentes en sécurité avec moi. C'est... important.

— Aussi, l'argent ne gâche rien, dis-je. C'est plutôt attirant, aussi.

— Ha ! Tu passes du côté obscur ? Tu admets que tu aimes l'argent ?

Le côté obscur. S'il y a quelqu'un qui pourrait m'y conduire, c'est lui.

— Je n'ai jamais dit que je n'aimais pas l'argent. Je n'aime simplement pas les milliardaires. Personne ne les aime.

J'emmène Alistair faire du patin à glace à la patinoire Jo Malone de Battersea. Quand je dis que *je l'emmène*, ce que je veux dire c'est que Macavoy nous conduit, et Henderson observe, debout au bord l'air sérieux, tenant ses mains de cette façon que les gardes du corps ont toujours. Je paie les billets avec la carte d'Alistair, donc vraiment, c'est un effort collectif.

Je ne veux pas dire que c'est magique, parce que ce serait un cliché, mais tout est blanc neige, les lumières de Noël scintillent, et il y a un énorme sapin de Noël au centre. J'ai l'impression d'être dans un film de Noël Hallmark. À côté de la patinoire se trouve une immense maison en pain d'épice, des sculptures d'art contemporain et un incroyable camion de sucreries. Les gens semblent majoritairement de bonne humeur, à part les bambins qui pleurent et qui se demandent sans doute ce que diable leurs parents pensaient avec cette forme unique de torture. Une fois que notre mémoire musculaire s'enclenche après quelques quasi-chutes, Alistair et moi patinons main dans la main.

Après, nous allons au restaurant adjacent, un bistrot branché où nous nous asseyons dans des dômes de plastique transparents à l'extérieur, et buvons du vin chaud épicé, même s'il n'est que midi. Quand nous commençons à être éméchés, Alistair demande le menu et commande suffisamment de tapas pour couvrir toute la table.

J'ai parfois ce sentiment, pas souvent. C'est un contentement presque écrasant, où il n'y a absolument rien qui ne va pas, rien à craindre dans l'immédiat, rien à désirer. La vie n'est jamais parfaite, mais il y a des moments parfaits, et celui-ci en est un. C'est comme s'évanouir de bonheur. Pour un instant, j'oublie à quel point notre relation est impossible, à quel point nous sommes mal assortis à tous égards sauf un. J'oublie à quel point Alistair est ridiculement riche et beau, et je me contente de me prélasser dans la beauté du moment.

— Tu as trop bu de *glühwein*, dit Alistair.

— Parle pour toi, je réponds.

— Oh, j'en ai trop bu aussi. Mais tu es complètement adorable. Tes joues sont roses, tes yeux brillent. Mon Dieu, dit-il en regardant dans son verre. Qu'est-ce qu'il y a *dans* ce vin ?

— Un philtre d'amour, je lâche sans réfléchir.

Je panique immédiatement. J'ai dit le mot *amour*. Je ne le pensais pas. C'était juste une blague, et pas très bonne. Merde. Maintenant il va penser que je cherche une sorte de confession ou d'engagement ou quelque chose. Après trois jours ! Fait chier.

Alistair remue ses sourcils vers moi. — Ça marche. Rentrons te mettre au lit.

Je ris, surtout de soulagement. — Il n'est que... je regarde l'horloge. Seize heures.

— Je ne vois pas le problème.

Je paie l'addition et laisse un énorme pourboire. La serveuse déglutit et me demande si je suis sûre avant de taper le montant final dans la machine.

— Bien sûr ! je réponds. Tout était incroyable.

Elle renifle doucement et garde les yeux baissés. — Merci.

Le temps ralentit et mon euphorie s'atténue. J'ai le sentiment qu'elle a vraiment besoin de cet argent. Je ne sais pas quelle est sa situation, mais le pourboire était suffisant pour l'émouvoir.

— Prête ? demande Alistair, inconscient de l'échange.

— Prête, je réponds en souriant.

Il achète des beignets pour tout le monde sur le chemin du retour.

CHAPITRE 25
Fais comme tu veux

J'OBLIGE MACAVOY, Lucky et Henderson à prendre chacun un beignet.

Une fois la porte de la chambre d'hôtel fermée, je me tourne vers Alistair. « Henderson dort-il jamais ? »

— Non, plaisante-t-il.

— Tu me dois toujours cette histoire. Sur toi et lui.

— Hmm, dit-il en se pressant contre moi. Ça peut attendre ?

Une partie de moi veut dire « non, il n'y aura jamais de bon moment, dis-moi maintenant ». L'autre partie est légèrement ivre et extrêmement excitée, surtout quand je sens la chaleur de son corps contre le mien comme ça.

— Fais comme tu veux, dis-je. Et par là, je veux dire, prends-moi comme tu veux. N'importe comment.

Il me serre plus fort, envoyant un frisson d'excitation le long de ma colonne vertébrale. « Ne le dis pas si tu ne le penses pas. »

— Je le pense vraiment, je réponds. Je me sens en

sécurité avec toi. J'ai confiance en toi. Et j'ai mon mot de sécurité.

Il émet un grondement, comme s'il allait me dévorer sur place.

D'habitude, je me sens nerveuse juste avant, ne sachant pas ce qu'il prévoit. Mais maintenant je me sens libre et ouverte, prête à faire à peu près tout ce qu'il voudra.

Il caresse ma joue et se presse contre moi. « Ce n'est pas ce dont nous avions convenu. Nous sommes censés explorer ce qui t'excite *toi*. Découvrir tes fantasmes, dit-il. Pas satisfaire les miens. »

— Ça m'excite tellement de te voir excité, dis-je.

Je n'ai pas besoin de fantasmes. J'ai juste besoin de toi.

C'est là que je réalise qu'Alistair Ravenscroft *est* mon fantasme.

Je ne le lui dis pas, cependant. Pas besoin de flatter l'ego d'un milliardaire.

— Jouons à un jeu, dit-il.

— Je déteste les jeux, je réponds. Je retire ce que j'ai dit sur le fait de faire ce que tu veux.

Nous nous sourions. « Ne t'inquiète pas, dit-il. Celui-ci est facile. »

Oh, mon dieu. Dans quoi me suis-je embarquée ?

— Je vais lire à partir d'une liste, et tu vas dire oui, non, ou peut-être.

— Je ne pourrais jamais faire ça sobre, je remarque.

Il a l'air satisfait. « D'où mon timing impeccable. »

— D'où vient la liste ? Tu l'as inventée ?

— Je l'ai prise sur PornHub.

— Tu n'as pas fait ça !

Il rit. « Bien sûr que non. PornHub, c'est pour les amateurs. »

J'attends toujours une réponse. Quand il s'en rend compte, il s'éclaircit la gorge. « Si tu veux vraiment savoir, je l'ai eue d'une ex. C'est une fille géniale. »

— Et elle, où l'a-t-elle trouvée ?

— Elle écoutait un podcast. *Sex With Emily.* Elle n'en ratait jamais un épisode.

Je me fais une note mentale de m'y abonner. « Où est-elle maintenant ? Ta merveilleuse ex ? »

Je ne suis pas jalouse du tout. Pas même un peu.

Elle a intérêt à ne pas être plus jolie que moi.

— Je ne sais pas trop, dit Alistair. C'était un esprit libre. Nous avons perdu contact quand elle a déménagé au Pérou.

Je le fixe. « Tu viens d'inventer ça ? »

Il rit. « Non. Elle l'a vraiment fait. Elle voulait communier avec la jungle. Vivre dans un village. Aider les gens. »

Je la déteste.

— Donc je ne suis pas la première hippie que tu fréquentes ?

— Pas la première, dit-il. Mais j'espère la dernière.

Je ressens un pincement dans ma poitrine.

— Passons, dis-je. On se fait un verre ? Si on arrête de boire maintenant, on aura la gueule de bois.

— Excellent point, dit Alistair. Que voudrais-tu ?

Ma bouche est sèche après tout ce vin chaud, et le sucre du beignet. « Quelque chose de rafraîchissant. Un gin tonic ? »

— Tout de suite.

— Pas un petit verre sophistiqué, s'il te plaît. J'aime les miens énormes, avec beaucoup de glaçons.

— Voilà une femme qui sait ce qu'elle veut, dit-il avant de se diriger vers la cuisine.

J'utilise son absence pour courir aux toilettes et me préparer à ce « jeu ».

Je peux tout arrêter si je n'apprécie pas, me dis-je. Ce serait contraire à l'esprit de notre accord, mais je pourrais. En attendant, je vais mettre ma culotte de grande fille et faire cette chose.

Je me demande pourquoi parler de sexe est si angoissant. Ce n'est pas comme si c'était tabou dans ma maison en grandissant. Nous parlons ouvertement de nos autres besoins — nourriture et sommeil — qu'est-ce qui rend le sexe si difficile ? Ou est-ce juste moi ? Je suis sûre que l'ex d'Alistair était totalement à l'aise pour parler en détail de chaque position qu'ils ont essayée. La dévergondée.

— Qu'est-ce qui te fait glousser comme ça ? demande-t-il en me tendant un énorme verre tintinnabulant de glaçons.

— Je suis juste en train d'insulter injustement ton ex dans ma tête. Comme on fait.

— C'est une fille vraiment géniale, dit-il.

— Tu l'as déjà dit. Tu peux arrêter de le répéter maintenant.

— Tu l'aimerais vraiment, dit-il.

— J'en doute, je réponds.

Nous rions tous les deux. Il fait tournoyer son whisky, et nous trinquons.

— Donc, dit-il. Revenons à nos affaires. Nous sommes

censés remplir la liste chacun de notre côté, puis en discuter après.

Je hoche la tête. « D'accord. »

— Mais je me dis qu'on peut simplement la parcourir ensemble. Si ça te convient.

— Il n'y a aucune partie de tout ça qui me mette à l'aise, dis-je.

— C'est aussi bien, pourtant. Sortir de nos zones de confort.

Je renifle. « C'est toi qui dis ça ! »

— Qu'est-ce que ça veut dire ?

— Tu as vu ta vie ? Tu es emmitouflé dans ta zone de confort. Tu es pratiquement un garçon dans une bulle. Tu n'aurais même pas à attacher tes propres lacets si tu ne le voulais pas.

Je plaisante à moitié, probablement parce que je suis nerveuse, mais il ne sourit pas. Au début, je pense l'avoir offensé, mais ensuite il dit : « Toi. »

— Moi ?

Il hoche la tête.

Je cherche la colère dans ses yeux, mais n'y trouve que de l'affection.

— Tu es en dehors de ma zone de confort.

Je pose mon énorme verre et m'assois à califourchon sur ses genoux, l'étreignant, jusqu'à ce qu'il soit temps de jouer.

CHAPITRE 26

Oui, Non, Peut-être

ALISTAIR S'ÉCLAIRCIT la gorge comme s'il allait commencer un discours ou donner un cours. Je peux l'imaginer portant des lunettes. Il est teeellement sexy.

— Numéro un, dit-il en regardant la liste sur son téléphone d'un ton très officiel.

Je suis une élève enthousiaste, suspendue à ses lèvres. Nous sommes allongés sur le canapé, assez près pour qu'il puisse poser une main sur mon pied, ce que j'adore.

— Soixante-neuf, dit-il.

— Déjà ? je plaisante. Je croyais qu'on était au numéro un.

— Je vois ce que tu fais, dit Alistair. Tu esquives.

Je baisse la tête en feignant la honte.

— Désolée.

— Soixante-neuf, répète-t-il. Oui, non ou peut-être ?

— Putain oui, je réponds. Il y a une colonne pour *putain oui* ?

— N'importe quel *oui* devrait être un *putain oui*. Sinon, c'est un peut-être.

— Compris, je dis. Soixante-neuf : Oui.

Ha. Ce jeu est facile. Je ne sais même pas pourquoi je m'inquiétais.

— Sexe anal, lit-il, et je pulvérise accidentellement ma gorgée de gin tonic sur son pantalon chic.

Il rit tellement que je finis par le rejoindre, tout en postillonnant.

— Seigneur, je dis, une fois que j'ai un peu récupéré. Tu ne pourrais pas commencer en douceur ? Un peu de préliminaires avant de plonger dans le sujet brutal de la sodomie.

Il rit encore plus.

— D'accord. Tu marques un point. Pour ma défense, la liste semble être dans l'ordre alphabétique.

— Commençons par le bas alors, je propose, et nous éclatons de rire à nouveau.

— D'accord. Alistair fait défiler le PDF. Par l'arrière. Prête ?

Je hoche la tête avec enthousiasme. C'est bien plus amusant que ce à quoi je m'attendais.

— Voyeurisme, dit-il.

Je pense à l'excitation que j'ai ressentie au club, en regardant les autres, surtout la femme avec tous ces jeunes hommes en costume.

— C'est un oui définitif, je réponds. Je ne le savais pas avant que tu m'emmènes à Iniquity.

Alistair coche la case et prend une note.

— Qu'est-ce que tu écris ? je demande.

— Juste des notes.

— Quel genre de notes ?

— Des idées. Des suggestions.

— Comme ?

— Comme... si tu apprécies le voyeurisme, alors tu apprécieras probablement une soirée échangiste.

— Une soirée sexe ?

— Qu'en penses-tu ? Je connais quelqu'un.

— Bien sûr que tu connais quelqu'un.

— Il gère une superbe organisation. Sérieusement. C'est sur invitation uniquement. Il faut soit être super riche, soit super beau pour y être invité.

— Et c'est un tas d'inconnus excités qui font l'amour ?

— C'est une façon de voir les choses. Mais ce n'est pas... je ne sais pas, un groupe de vieux qui jettent leurs clés dans un bol. Comme les échangistes de quartier à l'ancienne.

— Bon à savoir.

— Ce sont des étrangers super séduisants et classe. Tu n'es pas obligée de faire quoi que ce soit à la soirée. Simplement regarder est tout à fait acceptable. Et, comme ce ne sont pas tes voisins, tu n'as pas à t'inquiéter de les croiser au rayon surgelés de Tesco le lendemain.

J'éclate de rire. Comme si Alistair Ravenscroft allait jamais chez Tesco.

— Tu as aimé le club, non ? demande-t-il.

— Oui.

— C'est comme ça. Sauf que ce n'est pas un club souterrain sombre. C'est généralement dans un manoir luxueux quelque part de magnifique. Et tous les invités sont soigneusement contrôlés.

Je cligne des yeux.

— D'accord.

— Tu ne te sens pas sous pression ? Ce n'est pas mon

intention. Aucune de mes... *explications* n'est censée te mettre la pression. Juste te donner une idée plus précise.

Je secoue la tête. Non. Ça a l'air plutôt excitant, pour être honnête.

— C'est un oui définitif.

— Excellent, dit-il en pressant mon pied. J'ai hâte de te montrer à ces inconnus en rut.

Je lui souris et prends une gorgée de gin.

Il retourne à sa liste.

— Vénération de la vulve.

Vénération de quoi ?

— Ça sonne... comme un culte.

Les lèvres d'Alistair se courbent.

— S'il existait un culte dédié à ta vulve, j'en serais membre.

Je lui lance un coussin.

— Je vais prendre ça pour un oui, dit-il. Suivant : porter de la lingerie.

Je hoche frénétiquement la tête.

— J'*adore* la lingerie.

— Je te préfère nue.

— Mais la lingerie est si sexy, *puis* on se déshabille.

— Vendu. Je t'emmène faire du shopping demain.

Je ris et secoue la tête.

— Non, tu vas travailler demain. J'ai entendu ton assistante dire que quelque chose était urgent.

— Je préférerais être chez Victoria's Secret avec toi.

— Je t'enverrai des photos. Et une facture.

Alistair commence à masser mon pied d'une manière qui me fait penser que notre jeu va être écourté, mais il continue.

— Regarder du porno.

Je fais une grimace.

— Ce n'est pas comme si je n'avais jamais regardé de porno... c'est juste que ça a ce facteur dégueu. Genre, c'est censé t'exciter, mais avec toute cette crasse, c'est, genre, déroutant.

— Je comprends tout à fait, dit-il d'un ton traînant.

— Mais Becks m'a parlé de porno éthique. Je ne l'ai pas encore regardé, mais je serais définitivement partante pour le faire avec toi.

— Du porno woke ? Alistair semble sceptique.

— Ce n'est pas *woke*. C'est *éthique*. Les acteurs ne font l'amour qu'avec des personnes avec qui ils veulent le faire, et ça se voit. Apparemment. Genre, Becks m'a parlé de ce couple de yogis-surfeurs qui voyagent dans leur van et se filment en train d'avoir des rapports incroyables.

— Je regarderais ça.

— Exactement. Et c'est du porno pour les femmes, par les femmes. Le plaisir des femmes est toujours la priorité. Pas d'orgasmes simulés. C'est comme Netflix mais tu peux chercher selon tes kinks. Becks dit qu'elle apprend toujours des trucs.

— Qu'est-ce qu'on attend ? demande-t-il.

Je termine mon verre.

— J'espère que tu continues à prendre des notes.

— Oh, je prends des notes, dit-il en revenant à l'écran. Jeu de température ?

— La glace ! je me souviens. Dans le bain. C'était teeellement bon.

— Je prends ça pour un oui.

— Il y a aussi ces... bougies de massage ? Ils les vendent au studio.

— Tu pourrais en prendre quelques-unes ?

— Carrément.

— Trios, dit-il en cochant la case.

— Tu viens de cocher la case ?

— Oui. Tout le monde veut un trio. C'est le fantasme numéro un mondial.

— Et si ce n'est pas mon cas ? je le défie.

— J'ai vu comment tu as sucé cette fontaine de chocolat humaine, dit Alistair. Je te parie cent mille livres qu'il y a un trio dans notre avenir immédiat.

Mon ventre se serre ; je me sens chaude et fébrile.

— Peut-être à la soirée échangiste.

— Certainement à la soirée échangiste. Tu seras le premier choix de tout le monde.

Je me tortille un peu sur mon siège, me sentant excitée, et Alistair le remarque.

— C'est une longue liste, dit-il. On n'est pas obligés de la finir maintenant.

— C'est quoi la suite ?

— Le sexe tantrique, dit-il. C'est un peu trop ésotérique pour moi, je pense.

— *J'adorerais* en apprendre plus sur le sexe tantrique.

— Bien sûr que tu aimerais.

— Qu'est-ce que ça veut dire ?

— Rien ! Ce n'est pas une insulte. C'est juste typique de toi.

— Tu l'essaierais avec moi ?

— Je marcherais sur des charbons ardents pour toi.

— Même si ça impliquait des respirations bizarres et tout ça ?

— Quelle partie des *charbons ardents* n'as-tu pas comprise ?

— Je suis excitée, je dis.

— Échangisme ?

Je secoue la tête.

— L'idée me laisse un goût désagréable dans la bouche.

— Et si on était dans un superbe hôtel quelque part et qu'on finissait par vraiment bien s'entendre avec un autre couple ? Imagine qu'on soit dans un jacuzzi, qu'un autre couple nous rejoigne...

— Beurk, je dis. Tellement années 80. Tellement de bactéries.

— D'accord, oublie le jacuzzi, dit-il. Imagine qu'on soit au bar de l'hôtel et qu'une belle femme n'arrête pas de te regarder. Tu commences à te sentir excitée.

Je cligne des yeux.

— J'écoute.

— Son mari nous propose de la cocaïne dans leur suite.

— Je ne prends pas de drogues dures.

Alistair réessaie.

— Son mari nous propose un champagne millésimé très spécial dans leur suite qui a une vue incroyable sur la ville.

— Ça n'a pas l'air mal, je temporise. Selon le couple. Selon beaucoup de choses.

— Eh bien, dit Alistair. Ça n'arrivera jamais.

— Mais je viens pratiquement de dire oui.

— C'est vrai, dit-il. Mais il est hors de question que je laisse un autre homme te toucher.

— D'accord, je réponds. Mais alors pourquoi...

— *Jamais*, dit-il.

— D'accord ! je ris. Je ne veux pas d'un autre homme.

— Bien.

— Mais qu'en est-il de toute cette histoire de *charbons ardents* ?

— Ça n'inclut pas qu'un autre homme te touche.

Je vois qu'il est parfaitement sérieux, mais je ris à nouveau.

— Compris.

CHAPITRE 27

Un cœur incroyable

ALISTAIR POSE SON VERRE VIDE. — La soumission.

— Euh, j'hésite. — J'aime bien quand tu prends les commandes. Mais je ne pense pas être vraiment attirée par tout ce truc de dominant-soumis.

Il attend que je continue.

— Je veux dire... je ne pensais même pas être attirée par les kinks jusqu'à ce que Becks me dise que je l'étais.

— C'est la meilleure amie avec qui tu ne couches pas ?

— Exactement. Quand j'entendais le mot *kink* avant, j'imaginais le BDSM. C'est ça le récit habituel, non ? Les bâillons et les combinaisons en latex. Les fouets et les chaînes. C'est un grand non pour moi.

— Je prends note, dit Alistair.

— Mais Becks m'a expliqué que tout ce qui n'est pas, genre, position du missionnaire dans le noir *est* en fait kinky, non ? Des branlettes jusqu'à... je ne sais pas...

Je cherche n'importe quel kink inhabituel. — Le collaring.

Alistair me regarde d'un air pensif. — J'essaie de suivre, là. Donc c'est négatif pour les fouets et les bâillons ?

— J'essaie juste d'expliquer que le kink n'est pas ce que je pensais. Je croyais essentiellement que kink signifiait BDSM.

— D'accord. Et le BDSM c'est...

— ...pas attirant pour moi, je conclus.

— Parce que tu penses aux combinaisons en latex.

— Oui.

— Un gros frein, je dis.

— Compris.

— C'est là que tu me dis que ton kink préféré est le latex.

Alistair rit doucement. — Ce n'est pas le cas. Je veux dire, j'aime un peu le latex, mais... disons définitivement que les combinaisons en latex sont hors de question.

— Dieu merci.

— Cependant... dit-il.

— Oh, mon Dieu. Je couvre mon visage rougissant avec ma main.

— C'est juste qu'il y a tellement de choses dans ce monde. C'est tout un univers de kink. Je pense que ce serait bien d'identifier ce que tu aimes et n'aimes pas dans cette catégorie.

J'avale ma salive. — D'accord. *Je me suis engagée à être ouverte et curieuse.* — Eh bien, le plus important pour moi, je pense, c'est que je ne suis pas attirée par la douleur. Ou l'humiliation.

— D'accord, dit-il. — Je ne suis pas attiré par le sadisme, ou par l'humiliation. Donc ça nous convient.

Le soulagement m'envahit. Je ne mentionne pas que Jeff aimait me faire mal, et moins c'était consensuel, plus il semblait apprécier.

Alistair perd sa jovialité un instant ; il a dû voir quelque chose dans mon expression. Il serre fermement mon pied. — Je ne voudrais jamais te faire mal, Ivy. De quelque façon que ce soit. Jamais.

J'inspire, essayant de me détendre à nouveau, essayant de revenir au jeu que nous appréciions. J'essaie de garder un ton léger. — Il y a un équilibre délicat entre plaisir et douleur. Je comprends ça. Comme quand tu as utilisé ces pinces à tétons. Je n'aurais jamais choisi ça, mais c'était vraiment bon.

— Tu marques un point intéressant. *Penser* que tu n'aimeras pas quelque chose mais ensuite découvrir que si.

Je hoche la tête. Je n'aurais jamais dit oui aux pinces, aux bouteilles de champagne ou au fisting, mais j'étais là, jouissant partout. — Donc cette liste est plus un ensemble de balises qu'un truc définitif ?

— C'est ça, dit Alistair. — C'est juste un point de départ.

— Regarde-nous ! je glousse. — On parle comme des cadres d'entreprise de nos désirs les plus sombres.

— Tant qu'on est sur la même longueur d'onde, dit Alistair. — Il est impératif de mettre les points sur les i et de barrer les t.

— Devrions-nous revenir sur ce sujet plus tard ? je demande, avec un sourire niais. — J'ai besoin de me rafraîchir.

— Excellente idée. La réunion est ajournée. Gin ou champagne ?

Nous nous décidons pour du thé et des biscuits, et nous grimpons au lit ensemble. Ma tête tourne avec les kinks dont nous avons discuté jusqu'à présent. C'est un peu bizarre de boire du thé au lit avec Alistair, comme si nous étions un vieux couple marié. Sauf que nous parlons de bondage et de latex au lieu de ce dont nous avons besoin à l'épicerie.

— Tu as raison à propos des trios, je dis. — Je n'ai pas vraiment de fantasmes *à ce sujet*, mais j'essaierais volontiers. Liste de choses à faire avant de mourir, version sexuelle.

— Je verrai ce que je peux faire.

— Non !

— Mais tu viens juste de dire...

— Je sais ce que j'ai dit. Mais je ne suis pas prête pour ça.

— Tu ne *penses pas* être prête pour ça. Tu te retiens. Personnellement, je pense que tu es plus que prête.

Je me sens frappée. — Je me retiens ?

Il a l'air désolé. — Excuse-moi. Je ne voulais pas dire ça comme ça. Je ne voulais pas...

— Non, tu as raison. Ça fait mal, mais il a raison. Ce qui fait mal, ce n'est pas que je me limite au lit, mais dans tous les aspects de ma vie. — Ma vie est un gâchis.

— Nooon, roucoule-t-il en me caressant. — Ce n'est *absolument pas* ce que je voulais dire.

— Je sais. Ça n'en est pas moins vrai.

— Ta vie n'est pas un gâchis, dit-il. Il n'a aucune putain d'idée.

— Alistair. Je vis dans un appartement pourri et je survis principalement avec du thé et des tartines sèches. J'ai une dette étudiante qu'il me faudra le reste de ma vie pour rembourser. Je n'ai jamais eu de relation réussie. Jamais. Je n'ai jamais eu un travail que j'aimais. Mon seul engagement solide était envers la planète et maintenant je...

— Ivy, m'interrompt-il tendrement, en prenant ma main.

Je me tais. J'ai été trop honnête. Trop vulnérable. Maintenant il me verra telle que je suis, et ce sera la fin pour nous. La tristesse monte en moi.

— Ivy, répète-t-il, attendant que je le regarde dans les yeux. — J'aimerais que tu puisses te voir comme moi je te vois.

J'avale la boule dans ma gorge.

Il soulève mon menton et m'embrasse. — Tu es magnifique.

Je ricane avec dérision.

— Tu es tellement belle, et ton corps me rend fou, mais ce n'est pas tout ce que j'aime chez toi.

— Tu n'as pas besoin de dire...

Alistair me coupe avec un autre baiser.

— Tu es intelligente et drôle et tu as un cœur incroyable.

Un cœur incroyable.

— Quand je t'ai vue pour la première fois, blessée, à cette manifestation...

— Inconsciente et saignante. Très attirante.

Il ignore ma tentative de me rabaisser. — À l'instant où j'ai vu ton visage – à *l'instant* – j'ai su qu'il y avait quelque chose. Et puis quand tu t'es réveillée, et que j'ai pu te parler... j'étais hypnotisé. Il n'y a pas d'autre façon de le décrire. Je n'ai jamais connu personne comme toi.

Je secoue la tête. Je ne suis toujours pas sûre de ce qu'il dit. *Donc il me trouvait jolie, la belle affaire. Je l'ai fait rire, et alors ?*

— Il y a quelque chose en toi, Ivy Mickelson. Quelque chose d'unique et d'incroyable. Il y a un feu qui brûle sous ta peau. Tu ne le vois pas, mais moi si.

La boule est toujours dans ma gorge, mais ce n'est plus à cause du désespoir. C'est une profonde affection pour l'homme qui tient mon menton et cherche mon regard.

— Ta... situation ne semble pas idéale. Je comprends. Mais *tu n'es pas ta situation.*

Il commence à m'embrasser avec ardeur, et les larmes qui montaient disparaissent. Je me sens toujours émue, mais Alistair est si doux avec moi que cela se transforme bientôt en affinité, puis en chaleur.

— Je peux sentir ta douleur, murmure-t-il. — Si tu me laisses entrer, nous pourrons la guérir ensemble.

CHAPITRE 28

Je Te Veux Partout

LA JOURNÉE A ÉTÉ UN TOURBILLON. Je suis prête à fondre complètement dans les bras d'Alistair. Il a une façon de m'embrasser qui ouvre mon corps — déverrouille une partie de moi — et après quelques minutes à peine, j'étais prête pour lui... mais Alistair ne précipite jamais ces choses-là.

La tête en arrière, je me délecte de ses baisers. Il se déplace lentement et délibérément, traçant une ligne le long de mon cou puis remontant vers mes lèvres.

— Qu'est-ce que je peux faire pour toi ? murmure-t-il. Qu'est-ce qui te ferait du bien ?

— *Toi*, tu me fais du bien, je réponds. Tes mains. Ta bouche. Je te veux partout.

Alistair me retourne sur le ventre et presse ses mains fermes contre mon dos. Je ne sais pas quand il a pris l'huile, mais bientôt je la sens couler sur moi. Il s'assoit sur l'arrière de mes cuisses pendant qu'il travaille mes muscles. C'est tellement bon, et je me sens si vulnérable, que j'ai envie de pleurer.

Je me souviens d'avoir eu faim de contact il y a quelques jours à peine. Il n'y a aucun risque de rester sur sa faim quand Alistair est dans la chambre. Je gémis de plaisir. Il connaît la vitesse et la pression parfaites. La combinaison de l'huile et de la force de ses mains est sublime. Il ne traite pas seulement mon dos. Il est partout sur mon corps : cou, oreilles, cuir chevelu, bras, mains. Il s'étend même jusqu'à mes jambes et mes pieds.

Je voudrais que ça dure éternellement jusqu'à ce que je sente son sexe durcir contre l'arrière de mes cuisses, et là je découvre que c'est ce que je veux encore plus. Je tends la main pour le saisir, mais Alistair ne le permet pas. Il attrape mon poignet et le plaque contre le lit.

— Je m'occupe de toi, dit-il. Tu ne dois rien faire d'autre que profiter.

— Oui, monsieur, je marmonne dans l'oreiller.

Je retire ce que j'ai dit sur le BDSM. Si c'est ça être soumise, je suis à cent pour cent partante. Je ne suis pas une princesse passive, mais j'adore qu'on prenne soin de moi.

Alistair ne montre aucun signe d'arrêter le massage, et je sens ma chaleur monter. Tout mon corps se sent si bon. Chaud, fourmillant, et mon bassin vibre. Je prends quelques respirations profondes, signalant à mon corps qu'il n'y a rien à craindre. Mon monde entier n'est que chaleur et plaisir.

Bientôt, je commence à cambrer le dos ; je ne peux pas m'en empêcher. Je veux sentir son sexe sur ma peau. Il me laisse bouger d'avant en arrière, caressant le dessous de son membre avec mes fesses pendant qu'il continue de me masser. Ses mains se déplacent vers mes fesses et il les malaxe pendant que je me balance, le caressant. Alistair ajoute plus d'huile et augmente la pression, pétrissant mes fesses.

Je soupire. — C'est tellement bon.

Je peux déjà sentir mon orgasme se construire, ce plaisir révélateur qui bourdonne en moi. C'est comme si tout mon corps était une zone érogène.

Alistair attrape un grand oreiller et le glisse sous mon ventre, puis me repousse contre le lit. J'adore quand il me manipule ainsi. Je me demande brièvement si « man-handling » figure sur la liste qu'on est en train d'explorer. Je n'ai pas le temps de m'y attarder, car il écarte mes cuisses et je sens sa langue sur mon sexe.

Je gémis. Déjà si proche. Je force ma main sous mon corps pour atteindre mon clitoris. Je commence à le caresser lentement, en suivant les mouvements de la langue d'Alistair.

— Puuutain, je grogne.

Il tourne autour de l'entrée de mon vagin, encore et encore, sa langue si chaude. Me taquinant. Je peux sentir mon orgasme monter, alors j'accélère ma main sur mon clitoris. Il commence à plonger sa langue en moi, et je crie. Ma main bouge de plus en plus vite alors qu'il me baise avec sa langue. Tout mon corps fourmille et ma peau est rougie. Je suis toujours penchée sur l'oreiller, les fesses en l'air pendant qu'Alistair me pénètre, d'abord avec sa langue, puis avec ses doigts. Quand ils glissent en moi, je gémis et me cambre encore plus.

— Oui, je gémis.

Ses doigts trouvent immédiatement mon point G et je

m'exclame. Il les fait glisser d'avant en arrière jusqu'à ce que je ressente le premier élancement de mon orgasme.

— Je te veux en moi, je dis. Je veux jouir sur toi.

Je sais que mon corps sur l'oreiller, le sexe en l'air, va créer la position parfaite. Mais Alistair ne me donnera pas son sexe, pas tant que ses doigts s'occupent de ma zone G.

Je gémis à nouveau. C'est tellement bon que je peux à peine le supporter. J'ai l'impression que je vais exploser. Je recommence à bouger, très légèrement, pour faire taper ses doigts sur ce point.

— Oui, dit-il. Bonne fille.

Plus de sang afflue vers mon bassin, et je halète. Cet homme sera ma mort. En même temps, si je dois mourir dans un tel plaisir...

Il abaisse son visage vers mon sexe à nouveau. Je peux sentir son souffle dessus. Il accélère ses va-et-vient avec ses doigts, puis lèche mon clitoris avec sa langue à plat et suce mon sexe fort. Ça me propulse presque au bord de l'orgasme, mais je m'accroche parce que je veux que ça dure éternellement.

Je laisse échapper un long gémissement, un de ceux qui semblent ne jamais finir. Je suis tellement gonflée et humide. Je suis désespérée de sentir son sexe.

Il tend la main vers quelque chose. Je ne peux pas voir ce que c'est parce que j'ai la tête enfoncée dans le matelas, la tête plongée dans la félicité. Il masse à nouveau mes fesses, les écarte et me lèche. Je sens une légère claque là où mes fesses rencontrent ma cuisse, et je halète. Pas parce que c'était douloureux.

— Ça va ? demande-t-il.

— Oui, je réponds. C'était plus que bien. Ça a fait réverbérer le plaisir que je ressentais déjà.

Alistair me fesse à nouveau, un peu plus fort. La palette est si proche de mon sexe.

Il me frappe trop doucement — parce que j'ai dit que je n'aimais pas la douleur. Mais ce n'est pas douloureux — c'est tout du plaisir.

— Oui, je dis à nouveau. Plus fort.

Une autre claque résonne, faisant se contracter mon sexe.

Toujours juste du plaisir. Je veux voir jusqu'où je peux aller. — Plus fort.

— Tu as dit que tu ne voulais pas de douleur.

— J'ai dit que je le voulais plus fort. Et je connais mon safe word.

La prochaine fessée fait mal. Ça m'a presque fait jouir. — Plus fort.

Il change de côté, et les prochains coups sont durs et excitants. Il laisse tomber la palette et me suce à nouveau, me doigte, pendant que je tiens mon clitoris.

— Prête pour plus ? demande Alistair.

— Oui, je réponds fiévreusement. Je veux plus. Je veux tout.

J'aperçois un jouet. Un gode. Habituellement, je me sentirais un peu inquiète en en voyant un que je ne contrôle pas, mais je fais confiance à Alistair. Je viens d'apprendre que je lui fais même confiance pour me faire mal.

Il se penche en avant, écrasant mon visage comme j'aime qu'il le fasse. L'huile rend cela particulièrement délicieux. Ses doigts écartent mes lèvres et voyagent à l'intérieur de ma bouche. Ils sont sur ma langue, mais je les veux plus profondément. La salive inonde ma bouche tandis que je suce. Il les pousse plus loin, mais je peux dire qu'il se retient. Je veux lui dire *plus profond*, mais je ne peux pas parler. Il les retire, les remplaçant par le bout du gode, que je réchauffe avec ma bouche. Il applique la pression parfaite qui me permet de prendre autant de longueur que je veux, sans forcer, puis il commence à le faire glisser d'avant en arrière, baisant ma bouche. J'ouvre mes lèvres plus largement, une invitation pour plus, pour plus profondément, mais il le retire et m'embrasse à la place, puis taquine l'ouverture de mon sexe avec le jouet.

Je siffle de plaisir lorsque le gode lisse et chaud est guidé en moi. Je suis si prête, si gonflée et mouillée. Quand il touche mon point G, tout mon corps se contracte. Puis la bouche d'Alistair est à nouveau sur moi, léchant autour du gode alors qu'il le déplace paresseusement d'avant en arrière. Sa main gauche me baise avec le jouet, sa droite est sur mon clitoris, bougeant en cercles atrocement lents.

Quand je pense que ça ne peut pas être meilleur, il écarte à nouveau mes fesses et commence à lécher mon anus.

Oh mon dieu. Oh putain !

Sa langue travaille en cercles lents et je pense que je vais mourir de la honte ou du plaisir intense, mais probablement des deux mélangés. Il sent mon excitation et augmente la vitesse et la pression de tout : le gode travaille plus fort, sa langue commence à ouvrir mon anneau.

Oh putain oh putain oh putain !

Mon orgasme fonce vers moi, un train de marchandises devant lequel je me tiens. Il est si énorme et puissant que je crie quand il me percute, et je perds le contrôle de mon corps. Je suis gouvernée par contraction après contraction alors que je suis secouée jusqu'au cœur. Je sens ma peau s'évaporer. Tout disparaît. Toute mon existence n'est que cet orgasme explosif.

CHAPITRE 29

S'effondrer

— PUTAIN, je halète, alors qu'il retire l'oreiller et me retourne sur le dos.

Je suis surprise, mais souriante, ressentant encore les pulsations de plaisir. Je pense qu'il va me laisser récupérer avant de continuer, mais ses yeux sombres me disent le contraire. Il y a un désir pur, comme des éclairs, et je sais que les choses vont s'intensifier très rapidement.

Une autre convulsion m'indique que je n'ai pas encore fini de jouir. Il remarque mon tressaillement de plaisir et son regard brûlant pénètre le mien. Il m'attrape, me hissant pour que je lui fasse face. J'enroule mes jambes autour de ses hanches.

— Je vais te baiser, dit-il, rendant cela dangereux.

Je lèche mes lèvres entrouvertes et hoche la tête. Il passe sa main dans mes cheveux, poussant mon visage vers lui et m'embrassant durement. C'est tellement excitant.

— Je veux que tu me baises, dis-je. Je veux que tu baises chaque partie de moi.

Il émet un grognement, tirant ma tête en arrière pour regarder mon visage à nouveau avant de m'embrasser profondément. J'ouvre grand ma bouche, voulant le sentir en moi de toutes les façons. Avec mes jambes toujours enroulées autour de ses hanches, il nous déplace vers le haut du lit pour pouvoir utiliser la tête de lit comme appui. Je saisis l'huile et en verse sur mes mains, puis je le masse avec.

Putain, j'adore la queue d'Alistair. Elle est si belle et si dure. Je le pousse et le tire, guidée par ses gémissements, jusqu'à ce qu'il y ait de l'huile partout et que je sois tellement folle de lui que je suis prête à supplier.

Alistair ne m'y oblige pas. Il pousse en moi, juste un centimètre, et j'agrippe sa queue avec mes muscles pelviens, essayant de l'attirer plus profondément. J'écarte davantage mes hanches et tente de me positionner pour qu'il puisse aller plus loin, mais l'angle n'est pas bon. Je me balance sur son gland un moment avant qu'il ne se retire et me jette à nouveau sur le ventre. Je commence à me relever sur mes mains et mes genoux, comme je l'aime habituellement, mais il me pousse à plat sur le lit, serrant mes jambes ensemble. Toujours glissantes d'huile, ses mains parcourent tout mon corps, frottant, taquinant, massant, pénétrant à peine les orifices qu'il trouve. Ça m'excite tellement que j'ai du mal à rester immobile, mais quand je bouge, il me force à nouveau à me coucher, ce qui m'échauffe encore plus.

Je sens sa queue se glisser entre mes cuisses. Il commence à pousser entre elles, juste sous ma chatte. Je serre mes cuisses aussi fort que possible, me faisant presque jouir à nouveau.

Il gémit sous la pression supplémentaire, puis trouve mon entrée et s'enfonce en moi, appuyant toujours sur le bas de mon dos pour que ma chatte comprime sa queue.

Je halète. L'ajustement est si serré qu'il peut à peine bouger. Il respire et gémit en commençant à se balancer. C'est tellement étroit que sa queue bouge à peine en moi, mais c'est suffisant pour nous deux. La pression, la chaleur, l'étirement, tout si bien lubrifié, nous trouvons notre rythme et bougeons ensemble.

Je sens qu'il est proche, mais aucun de nous ne veut que ça se termine. C'est tellement bon d'être ainsi soudés.

Nous restons joints un moment de plus, mais Alistair se retire. Il respire d'une manière que je reconnais comme un effort pour s'empêcher de jouir : des inspirations profondes et contrôlées. Il glisse le dos de sa verge le long de la fente de mes fesses, pressant mes joues ensemble pour serrer sa longueur tandis qu'il pousse entre elles. Sentir sa peau lubrifiée sur mon anus me rappelle sa langue plus tôt et ma chatte commence à irradier. Je ne veux pas qu'il s'arrête, mais j'ai aussi besoin qu'il me baise. Je gémis dans le matelas. Je suis tellement mouillée. Je soulève mes hanches vers lui.

Je ne peux pas m'en empêcher. J'ai besoin de le sentir en moi.

Cette fois, il me laisse me mettre à quatre pattes. Il atteint mon visage et m'embrasse, puis presse mes seins, mes tétons durs et super sensibles. Ma chatte palpite. Je n'en peux plus d'attendre de l'avoir en moi. Je veux qu'il s'enfonce en moi violemment.

Alistair entend mon besoin silencieux et me pénètre. Je gémis en sentant sa queue glisser complètement en moi, profonde et satisfaisante. Il commence lentement – trop lentement pour ma faim – mais accélère ensuite jusqu'au rythme parfait. Quand je suis aussi mouillée, il n'y a que dur et rapide qui convienne.

Sa respiration devient plus forte, due à l'effort et au plaisir, et ça me donne encore plus envie de lui.

Un autre orgasme monte. Je halète. — Je vais jouir.

Il attrape mes seins et pousse en moi, plus profondément que jamais, et je jouis fort. C'est tellement bon que je ne peux m'empêcher de sangloter tandis qu'il s'enfonce dans mes contractions avant de convulser avec les siennes.

Une fois que nous nous effondrons, Alistair me tire vers lui et nous nous blottissons en cuillère : rougis, nus, épuisés. Nous nous endormons ainsi, et je rêve de lui. De patinoires blanches comme neige et de maisons en pain d'épice, et de tomber amoureuse d'un parfait inconnu.

CHAPITRE 30
Cinquième Jour

— TU SAIS que j'ai viré mon équipe d'événements ? dit Alistair. Il sort tout juste de la douche et s'habille pour le travail. Comme toujours, il est à tomber.

— Oui ?

— Donc je dois maintenant organiser ma vie sociale moi-même.

Je glousse. — Oui. Tu t'en sors ?

— Oui. En fait, j'ai obtenu une réservation ce soir dans l'un des établissements de ta bucket-list.

Ma tête se redresse si vite que j'ai presque le torticolis. — Vraiment ?

— Ce restaurant de sushi trois étoiles Michelin dont tu m'as parlé. Ce n'était pas facile. Notre réservation est à vingt heures trente.

Je sens le sang me monter au visage. J'apprécie vraiment le geste, mais je ne pourrais pas avaler cette nourriture.

— On ne peut pas y aller, je lâche.

— Oh si, on peut, répond-il en me souriant.

— Je ne plaisante pas, Alistair.

— Je sais que tu as mangé des sushis l'autre soir, mais ce sera incomparable, à ce qu'on me dit.

— Il ne s'agit pas de ça. Il s'agit d'être un consommateur responsable. Je rougis furieusement.

Alistair fronce les sourcils. — Ai-je fait quelque chose de mal ?

— Non. Bien sûr que non. Je ne peux simplement pas aller dans un endroit qui fait venir des ingrédients frais de Tokyo tous les jours. C'est complètement excessif et irresponsable.

— Tu sais que le champagne que nous avons bu est importé de France, n'est-ce pas ? Et cet iPhone n'est pas fabriqué au Royaume-Uni. Ni ces leggings de yoga. Il semble mal à l'aise, et je déteste faire ressentir ça à quelqu'un, mais ma ligne de conduite changeante doit s'arrêter quelque part.

— Ces leggings de yoga vont me durer dix ans, dis-je. Et je sais que je n'ai pas respecté mes principes cette semaine, mais cela ne signifie pas qu'ils ne sont pas importants pour moi.

— Hé, dit-il, les mains levées. C'est ta bucket-list, pas la mienne. Je vais annuler.

— C'est probablement difficile à imaginer pour toi, mais il y a beaucoup de choses dans la vie que je veux mais que je sais que je ne peux pas avoir. C'est l'une de ces choses.

Sa mâchoire se crispe. — Je veux que tu aies tout ce que tu désires.

— Le monde ne fonctionne pas comme ça. Pour la plupart d'entre nous, en tout cas. Mes joues sont encore rouges. En tant que personne qui cherche à plaire, je trouve la confrontation difficile. Mon affection profonde pour Alistair rend tout cela bien pire.

— D'où vient tout ça ? demande-t-il.

— Ne fais pas semblant d'être surpris ! Tu m'as trouvée lors d'une manifestation contre le changement climatique. Ce n'est pas nouveau.

— Nouveau pour moi, dit-il. Tu n'en as pas parlé depuis que nous sommes ensemble.

— C'est parce que tu m'as emportée dans un tourbillon, dis-je. Je ferme les yeux un instant. Désolée, ce n'est pas juste. Ce que je voulais dire, c'est que *je me suis laissée emporter*. Et ça a été incroyable ! Et je ne changerais rien. Mais je ne peux pas aller dans ce restaurant.

Alistair s'assied sur la chaise longue. — Si c'est seulement à propos du restaurant, pas de problème. Mais j'ai l'impression que c'est plus important que ça.

— Tu vas être en retard au travail.

— Je m'en fiche. C'est toi qui m'importe. Tu es visiblement contrariée, alors réglons ça.

Je résiste à l'envie de dire *Je ne suis pas contrariée*. Au lieu de cela, je regarde dans ses yeux inquiets. — C'est ma faute. C'est moi qui n'ai pas respecté mes convictions. C'est moi qui mène une double vie. Tu as toujours été honnête et direct.

Quelque chose passe sur son visage – de la culpabilité ? Nous avions convenu de garder nos secrets pour nous.

— Je... je pense simplement que ça s'accumulait. La dissonance cognitive, tu sais ? Tu es comme le plaisir coupable ultime. Je savais qu'il y aurait des conséquences. J'espérais juste qu'elles viendraient à la fin de notre semaine ensemble parce que je ne voulais pas que quelque chose la gâche.

— Serait-il possible, commence Alistair avec hésitation, que tu ne saches pas vraiment ce que tu veux ?

Je le fixe, attendant, ma colère montant.

— Ce que je veux dire, c'est... tu as dit que tes parents étaient des militants. Ta meilleure amie est une militante. Ce serait très facile de te laisser entraîner...

Ma colère explose. — Tu insinues que je suis tellement dépourvue de direction dans la vie que je me contente de suivre ce que tout le monde fait ? Vraiment, Alistair ? Tu penses vraiment si peu de moi ?

— Ce n'est pas ce que j'ai dit.

— C'est ce que tu voulais dire ! Tu utilises ce que je t'ai dit quand je me sentais vulnérable pour marquer un point.

— Je me fiche de gagner ou de perdre, dit-il. Je peux voir qu'il a perdu patience. C'est toi qui m'importe. Je veux que tu sois heureuse. C'est pourquoi j'ai fait cette réservation en premier lieu, ce que je regrette maintenant, parce que ça a déclenché cette tempête de merde.

— Je ne peux pas être avec toi, dis-je, nous surprenant tous les deux.

Alistair cligne des yeux. — Quoi ?

Merde. Trois nuits de plus ne suffiraient pas, et maintenant je les ai ruinées aussi. Je baisse la voix. — Nous ne pouvons pas être ensemble. Nous sommes complètement en désaccord.

— Nous ne le sommes *pas*, insiste-t-il. Nous sommes

parfaits l'un pour l'autre. Tu le sais. Tu as juste peur de l'admettre.

Je ricane. — Peur ? De quoi ?

— Peur de ce que pourrait être notre avenir, Ivy. Peur parce que tu sais que nous sommes faits l'un pour l'autre.

Je secoue la tête.

Il a tort.

Il est dans l'illusion.

Mon cœur se fissure ; je ne sais pas comment je tiens encore debout.

Sa voix s'adoucit. — Seras-tu là quand je rentrerai ?

Je regarde dans ses yeux et y vois l'inquiétude. Je l'enlace, et des larmes me piquent les yeux. — Bien sûr que oui.

Alistair part travailler, son regret encore visible.

Je ressens plus que du regret. Mon cœur souffre de cette connaissance précédemment niée que nous ne pouvons pas être ensemble. Becks et moi avions convenu que cette aventure se terminerait en larmes, mais je ne m'attendais pas à un cœur brisé. Une fin désordonnée, oui. De l'inconfort, de l'embarras. Mais pas ça. J'ai l'impression que le sol s'est dérobé sous mes pieds.

Je m'allonge sur le tapis et les vannes s'ouvrent. Je pleure pour l'amour qu'Alistair et moi ne verrons jamais grandir et mûrir. Je pleure sur la mort de la nouvelle Ivy que j'avais entrevue – la femme adulte, généreuse, puissante et joyeuse que je pouvais me voir devenir aux côtés de l'homme que j'admirais tant.

Mon chagrin ne s'arrête pas là. Mes larmes brûlantes me rappellent d'autres traumatismes, ceux que j'avais enterrés si profondément que je ne m'en souviens même plus clairement.

L'éducatrice de maternelle qui me frappait quand je n'apportais rien pour le « Montre et Raconte », et quand je ne mangeais pas les sandwichs à la confiture de fraise.

Les problèmes de santé de Jamie en grandissant. Lui rendre visite à l'hôpital pédiatrique sans comprendre pourquoi les adultes se couvraient la bouche et retenaient leurs larmes pendant qu'il me souriait et me faisait signe depuis son lit.

Le professeur pervers à l'université qui a mis sa main sous ma jupe.

Jeff. La litanie des abus de Jeff est trop longue à énumérer, mais des flashbacks de sa cruauté scintillent dans mon esprit. Quand il a tordu mon poignet si fort qu'il l'a presque cassé. Quand il a tenu une flamme contre ma paume. Quand il m'a mordue si fort que ça a laissé une cicatrice. Quand il n'a pas accepté la fin de notre relation et avait l'habitude d'apparaître partout, de sorte que je ne me sentais jamais en sécurité.

Comment je ne me suis jamais sentie en sécurité jusqu'à ce qu'Alistair Ravenscroft apparaisse.

Je pleure si fort et si longtemps que ma gorge me fait mal. Mes yeux sont gonflés. Quand je me relève enfin du sol, je me dirige vers la douche pour tenter d'effacer cet épisode. Bien sûr, ça ne marche pas, car l'eau qui coule est si réconfortante que je pleure à nouveau. C'est comme quand tu tiens le coup et qu'un ami t'offre de la sympathie, te faisant fondre en larmes. C'est encore pire en sachant que ce sera la dernière fois que je me douche ici.

Quand je sors enfin, il ne me reste plus de larmes à verser. Je suis une coquille vide. Je me sèche, m'habille et avale un double expresso. Je contemple la vue et mange une assiette de cookies aux pépites de chocolat et aux noix de pécan pour essayer de combler le vide que je ressens.

Quand mon téléphone sonne pour signaler un message, je suis certaine que ce doit être Alistair, mais c'est Becks, ce qui m'arrache à ma rêverie.

REBECCA BRADLEY
Putain de merde, Ives. Je dois te voir.
Bonjour à toi aussi, rayon de soleil.
Je ne rigole pas. Tu peux me retrouver pour un café ASAP ?

Mes signaux d'alarme se déclenchent.

Tu n'as pas de travail ? Qu'est-ce qui se passe ?
Frock à Farringdon ? 10h30 ?

Je regarde l'heure. 9h42.

J'y serai.

L'anxiété monte en moi. Ce n'est pas du tout comme Becks. C'est toujours elle qui a le temps pour un mème ou un GIF rapide. Se rencontrer pendant les heures de travail est très inhabituel, à part le yoga programmé le mardi, auquel elle ne fait exception que parce que je donne le cours.

Fronçant les sourcils, j'ouvre Google Maps pour voir quel serait le meilleur itinéraire à pied ou en métro, puis je réalise que j'ai Macavoy pour me conduire. Revenir à la réalité de la vie ordinaire va vraiment être difficile. J'envoie un texto à Henderson pour le prévenir afin qu'il n'ait pas à voir ma tête du matin, et il me répond avec un pouce en l'air au lieu d'un « oui, madame ». J'ai l'impression que nous progressons.

À dix heures vingt-cinq, j'arrive au café. C'est animé, mais je parviens à trouver une table et à la prendre rapidement. Henderson monte la garde à la porte, comme pour me protéger de tous les paparazzi et tueurs à gages qui me poursuivent parce que je suis si importante, au lieu de ce que je suis : une prof de yoga à temps partiel qui ne va nulle part rapidement. L'intérieur est confortable et sans prétention. Il est rempli de lumière naturelle diffuse malgré le temps couvert dehors. L'odeur du café et des viennoiseries beurrées ferait habituellement saliver ma bouche. Je me surprends à souhaiter avoir apporté un livre, mais Becks arrive.

Je la vois en premier. Elle a l'air un peu frénétique, ne prenant guère la peine de saluer Henderson en entrant. Je fais un signe, retenant mon sourire car je ne sais pas à quoi m'attendre. Je me lève pour l'étreindre et elle se jette dans mes bras, serrant si fort que je sais qu'il y a quelque chose qui ne va pas.

— Qu'est-ce qui se passe ? je demande.

Nous nous asseyons, et les cafés arrivent. Quand elle ne remercie pas le serveur, je *sais* que quelque chose va très, très mal.

Elle me regarde et inspire profondément, puis expire en soufflant comme si elle se préparait à ce qu'elle est sur le point de dire.

— Bordel, Becks, tu me fais peur.

N'aurait-elle pas pu me donner un indice via Whats-App ? Pourquoi ce mystère ? J'ai eu assez de drame pour la journée.

— Tu devrais avoir peur, répond-elle.

Je ricane, pensant qu'elle doit plaisanter, puis souhaitant pouvoir revenir en arrière quand son visage est aussi affligé que je ne l'ai jamais vu. Nous avons eu quelques frayeurs dans le passé, y compris sa peur d'être enceinte quand elle était adolescente, et quand j'ai eu besoin de son aide pour m'éloigner de Jeff cette nuit où il a pété les plombs et a frappé le mur, se cassant trois doigts.

Je prends mon café et je vois que je tremble, alors je le repose immédiatement sans en prendre une gorgée. J'avale difficilement et attends qu'elle me dise ce qui se passe.

Les yeux de Becks brillent. Je ne suis pas sûre si c'est de la panique ou du manque de sommeil. Peut-être les deux.

— Tu étais obligée d'amener les gorilles ? demande-t-elle, montrant Henderson d'un geste.

— Ce n'est pas un gorille ! je chuchote. C'est un type génial.

— Eh bien, la prochaine fois, tu pourrais le laisser derrière pour qu'on puisse parler confidentiellement ?

— On peut parler confidentiellement maintenant, je réponds. Il ne peut pas nous entendre. Je ne peux aller nulle part sans Henderson. Alistair insiste.

Au moment où les mots sortent de ma bouche, je réalise à quel point ça sonne mal. Comme si j'étais prisonnière. Eh bien, je ne le serais plus pour longtemps.

Becks fait une drôle de tête, entrelace ses doigts sur la table et se penche en avant. — Ives. J'ai fait des recherches.

— D'accord, je réponds.

— Alistair Ravenscroft, dit-elle.

L'angoisse s'épanouit dans mon estomac. Elle le fait sonner comme une entité plutôt que l'humain très réel que je connais si intimement.

Becks se gratte le sourcil, grimace, secoue la tête.

Mon anxiété me fait lâcher : — Pour l'amour du ciel, Becks. Qu'est-ce que c'est ?

— Danny travaille secrètement sur cette énorme histoire depuis des mois...

— Qui est *Danny* ?

— Danny ! crie-t-elle presque, les yeux écarquillés. Du travail ! Tu l'as rencontré. Il commande toujours de la bière au gingembre au pub et porte toujours ces cardigans bizarres.

— Ah oui, Danny. J'avais pensé que son nom était Colin.

— Il enquête sur la mafia londonienne.

Elle attend que ça entre dans ma tête.

Je fronce le nez. — Il n'y a pas de *mafia londonienne*.

— C'est ce que tout le monde croit, oui.

— S'il y avait un syndicat du crime violent opérant à Londres, les gens le sauraient.

Becks me regarde avec mépris, ce que je déteste, parce que nous n'avons jamais été comme ça.

— Tu vas vraiment rester là à me dire que les renseignements que Danny a recueillis pendant des mois sont tous une grande histoire inventée ? Une énorme fabrication compliquée ? Et quoi ? Il a tout inventé et prétend simplement être un journaliste d'investigation ? Tu penses que notre rédacteur en chef le laisse juste...

— D'accord, dis-je en écarquillant les yeux. Désolée. C'est juste que ça semble... je ne sais pas. Paranoïaque. Comme une théorie du complot.

— Eh bien, ce n'en est pas une, lance-t-elle. Ça me blesse, et quand elle le voit sur mon visage, elle prend ma main. Désolée. Je ne veux pas te contrarier. Mais tu dois prendre ça au sérieux.

— Prendre quoi au sérieux ? Tu n'as encore rien dit. Quel rapport avec Alistair ?

Elle me regarde un moment, puis avale son café. Elle est surexcitée.

Je ricane. — Tu dis qu'il est *dans la mafia. La putain de mafia*, Becks ?

— Penses-tu honnêtement que je t'aurais apporté cette information si je n'étais pas à cent pour cent sûre qu'il est impliqué ?

— À quel point impliqué ? j'insiste.

Elle me regarde comme si j'étais folle. — Est-ce que ça

a de l'importance, Ives ? Est-ce que ça a *vraiment* de l'importance à quel point il est impliqué ? Elle baisse la voix et siffle entre ses dents serrées. C'est la putain de MAFIA.

J'observe comment elle serre sa tasse, comme si elle voulait la briser. Quand mes yeux reviennent aux siens, elle a l'air triste.

— Merde. Merde ! dit-elle, et quelques personnes se retournent pour lui lancer des regards désapprobateurs. C'est trop tard, n'est-ce pas ? Je peux le voir dans tes yeux. Je peux le voir dans ta façon de *ne pas réagir* à cette *information cruciale*. C'est trop tard, putain. Doux Jésus.

Plus de regards désapprobateurs, mais aucune de nous ne s'en soucie. Ils devraient être contents que nous n'ayons pas commencé à casser la vaisselle. Les mots de Becks résonnent comme une sirène d'alarme.

C'est trop tard, putain.

— Qu'est-ce que tu sais ? je demande.

— Eh bien, Danny se comporte comme un véritable connard à ce sujet. Il ne veut pas que j'en sache trop. Il ne veut pas révéler ses sources.

— C'est compréhensible, je réponds.

— *C'est compréhensible ?* s'exclame-t-elle. Arrêteras-tu d'être si calme ? Diras-tu quelque chose, vraiment *dire* quelque chose ? exige-t-elle.

Je suis probablement en état de choc, et émotionnellement épuisée depuis tout à l'heure. — Que veux-tu que je dise ?

Elle serre les dents, et j'ai le sentiment qu'elle est si frustrée qu'elle veut renverser la table. Au lieu de cela, elle frappe ses paumes sur la table, renversant mon café encore plein.

— Je n'essaie pas de t'antagoniser, dis-je. Tu es ma meilleure amie et je t'aime plus que tout. Tu le sais.

Elle hoche la tête.

— Nous ne pouvons pas toutes les deux paniquer en même temps. Ça n'aidera personne.

— D'accord, dit-elle. Si je me calme, commenceras-tu à paniquer ? Parce que ça me ferait vraiment me sentir mieux.

— Oui, dis-je. Une fois le choc passé, je vais vraiment paniquer.

Becks semble quelque peu apaisée par cela et se penche en arrière. Nous prenons toutes les deux une respiration.

— Cette nouvelle est très... nébuleuse, dis-je, en faisant un geste dans le vide autour de nous. C'est probablement une autre raison pour laquelle je ne panique pas. Que savons-nous exactement ?

— Je pense que nous devons rencontrer Danny. Il nous en dira plus s'il sait que tu es impliquée. Il t'aime bien.

Je secoue la tête. — Je ne pense pas pouvoir faire ça.

— Quoi ? demande Becks. Pourquoi ?

— Parce que ce serait bizarre, d'aller derrière le dos d'Alistair. Je préférerais simplement lui demander.

Je ne dis pas à ma meilleure amie que je fais confiance à Alistair. Elle deviendrait folle.

— Bien ! dit Becks. Donc, tu vas demander à un chef de la mafia violente s'il est en fait un chef de la mafia violente. Comment crois-tu que ça va se passer ?

— Alistair ne me ferait jamais de mal, je réponds.

— C'est ce que tu disais de Jeff !

Jeff est complètement différent. Jeff est un connard sans complexe qui prétend être bienfaisant mais est en réalité un narcissique flippant avec une tendance sadique.

— Laisse-moi deviner, Ives. C'était *différent*.

Je me sens attaquée. — C'*était* différent !

La terreur qui est apparue dans mon estomac plus tôt se répand comme du goudron noir et chaud à l'intérieur de mon corps, mais je reste calme.

— Je peux voir que tu es sous son emprise et ça me fait vraiment flipper. J'ai envie de me lever et de sortir d'ici. Mais je ne peux pas faire ça. Je t'aime. Je suis *malade* d'inquiétude pour toi.

Je ne sais pas quoi dire. — Je suis désolée. La vérité est que j'aime Becks et Alistair, et c'est une situation impossible.

— Écoute, dit-elle, en repoussant ses cheveux de son visage. Plus vite nous pourrons te sortir de là, mieux ce sera. Nous devons t'extraire avant que tu ne deviennes une menace pour lui. Il ne peut pas savoir que cette conversation a eu lieu. Tu comprends ce que je dis ?

— C'est le cinquième jour, dis-je, comme si j'étais en transe. Quand Becks me regarde avec une expression vide, je continue. C'est le cinquième jour sur sept. Trois nuits de plus, tout au plus, et c'est fini.

— Qu'est-ce que tu veux dire par *tout au plus* ?

— Nous avons eu une dispute ce matin. Il a fait quelque chose de vraiment gentil pour moi et j'ai été une vraie garce à ce sujet. Je hausse les épaules. Ça doit finir, de toute façon. Nous savons tous que ça n'allait jamais fonctionner à long terme.

Becks me regarde et secoue tristement la tête. Nous

restons un moment en silence. — Tu penses vraiment qu'il va te laisser partir ?

Je ne veux pas qu'il me laisse partir. Je veux être avec Alistair aussi longtemps qu'il voudra de moi.

— C'est notre accord. Je sais à quel point je semble naïve, et je m'en fiche.

— D'accord, dit Becks d'un ton glacial.

— S'il te plaît, ne sois pas en colère contre moi, je supplie. Je ne peux pas le supporter.

— Ce n'est pas de la *colère*, répond Becks, gesticulant sauvagement vers son visage. C'est de la *peur*.

— Si tu as raison, dis-je, si Alistair est dangereux, ne penses-tu pas que moins de confrontation, c'est mieux ?

— Alors c'est comme ça que tu vas gérer ça ?

Je hausse les épaules, sachant parfaitement que je suis aussi énervante que possible et me détestant pour ça. — Je ne sais pas comment le gérer autrement.

— Tu pourrais faire cavalier seul, dit-elle. Je distrairai Henderson en l'embrassant et tu te faufileras par la porte arrière.

Je souris, éprouvant un pur soulagement qu'elle se soit suffisamment détendue pour plaisanter.

— Alistair sait où j'habite. Il sait où je travaille.

— Où est ce putain de programme de protection des témoins quand on en a besoin ? Elle semble dégeler, et je m'y accroche. J'ai besoin que ma meilleure amie soit de mon côté, et je ne veux pas qu'Henderson rapporte notre rencontre émotionnelle à Alistair.

— Je pourrais avoir un tout nouveau visage, dis-je, espérant la gagner davantage avec l'humour noir que nous partageons. Je connais un gars. Ensuite, je couperai mes cheveux, porterai des lunettes de soleil et une casquette, et j'émigrerai dans un pays du tiers monde.

— Pourquoi s'arrêter au visage ? demande-t-elle, et nous rions toutes les deux.

Quand nous partons et nous serrons très fort dans les bras, l'angoisse continue de me ronger l'estomac, et j'ai le sentiment qu'elle ne disparaîtra jamais.

CHAPITRE 31

Piégée

DANS LA JAGUAR sur le chemin du retour, mon téléphone vibre. C'est Alistair.

> ALISTAIR RAVENSCROFT
> Il faut qu'on parle.

Mon estomac se noue de peur. Il sait pour Becks et la journaliste au cardigan.

Merde.

La panique me donne le vertige.

> Oui, monsieur.
> Pas à l'hôtel.
> Que se passe-t-il ?

Il met un moment à répondre. J'ai l'impression d'être assise sur une bombe à retardement. Finalement, son message arrive.

J'espérais que tu pourrais me le dire.

Oh, non. Voilà que la panique s'installe. Voilà toutes les émotions que Becks était désespérée de voir en moi au café. Je veux lui envoyer un message, mais je crains qu'Alistair n'ait mis mon téléphone sur écoute. Soudain, je prends conscience de toutes les façons dont j'ai été piégée.

Henderson, Macavoy, nouveau téléphone avec logiciel de traçage.

La peur de Becks est contagieuse. Elle me griffe.

Non, je me dis. *Non. Arrête de te comporter comme une paranoïaque.* Becks pourrait avoir des informations de seconde ou troisième main dont on ne sait même pas si elles sont fiables. Mais elle ne connaît pas Alistair.

— Madame, dit Henderson, me faisant sursauter.

— Quoi ?

— Est-ce que... vous allez bien ?

— Oui, je mens. Pourquoi ?

— Vous avez l'air d'avoir vu un fantôme.

— Oh. Je vais bien.

Est-ce que Henderson est dans le coup aussi ? Il doit l'être. Évidemment.

— Je ne veux pas être indiscret. C'est juste que depuis votre café...

Je le coupe. — Si je voulais aller quelque part seule, sans vous ou Macavoy, me laisseriez-vous faire ?

— Vous laisser faire ? Son accent irlandais me semble moins adorable aujourd'hui.

— C'est ce que je demande, oui.

— Eh bien, vous êtes évidemment libre d'aller où bon vous semble, dit-il. Il joue la montre, réfléchissant à la formulation. Mais je serais obligé de... vous suivre.

— Mais si je vous demandais de ne pas le faire ? j'insiste.

— Cet ordre devrait venir de M. Ravenscroft, répond-il.

Je m'en doutais.

— Logique, je murmure, regardant par la fenêtre. La pluie vient de commencer, et j'observe les gouttes se poursuivre sur la vitre pare-balles. Comme les gendarmes et les voleurs.

— Pour votre propre protection, évidemment, dit-il.

— Oui, je réponds. Évidemment.

Nous restons silencieux un moment, ma nouvelle compréhension de la situation s'ancrant en moi, comme les serres d'un aigle dans une souris.

— Où allons-nous ? je demande.

— M. Ravenscroft a demandé à ce que nous le retrouvions au Sable.

— Où ça ? mon agitation me rend impolie.

— Sable. C'est un hôtel-boutique particulièrement... discret.

— Pourquoi ne pouvons-nous pas simplement nous retrouver au Raven ?

Ou en public. Ou dans un commissariat. Je n'aime pas ça du tout.

— Je suis désolé, madame, je ne sais pas. Il ne l'a pas précisé.

Parce qu'il y a des témoins au Raven ? Parce que mon

ADN est partout dans cette chambre ? Parce que l'hôtel appartient à la putain de mafia londonienne ? Merde alors. Je me gratte le cou, bien qu'il ne me démange pas. C'est un tic nerveux.

Alistair ne me ferait pas de mal. Je sais qu'il ne le ferait pas.

Si j'ai tort... eh bien, je suppose que je le saurai très bientôt.

Nous nous arrêtons devant l'hôtel que je n'ai jamais vu ni dont je n'ai jamais entendu parler. La pluie s'est arrêtée, et le ciel s'est éclairci, mais le bâtiment conserve néanmoins un aspect sinistre. C'est probablement juste ma peur qui jette un voile sombre. Macavoy ouvre ma portière avant même que j'aie pensé à sortir de la voiture. Henderson m'offre sa main, mais je l'ignore. Je suis en colère contre lui pour m'avoir conquise avec son visage amical et son charme irlandais. Il prétend être un type si gentil.

Mon corps se sent à la fois lourd et léger. Combattre ou fuir.

Je suis terrifiée, mais aussi triste. Je comprends progressivement que tout a été une terrible erreur et que je ne pourrai plus jamais être avec Alistair. Cette réalisation me déchire, vive et laide. Il avait changé mon monde de tant de belles façons. La vérité était que je le voulais dans ma vie pour toujours.

Le chagrin attend dans ma gorge, prêt à m'étouffer jusqu'aux larmes. J'essaie de le ravaler pour l'instant. Il y aura beaucoup de temps plus tard pour pleurer davantage. Je dois traverser cette dernière rencontre puis retrouver le chemin de mon horrible appartement où je pourrai rager et me lamenter autant que je veux.

Henderson me guide devant le portier, qui lui fait un signe de tête, puis à l'intérieur de l'hôtel. Mon cœur bat la chamade, et je peux sentir la transpiration sous mes bras. Comment les choses sont-elles devenues si menaçantes, si rapidement ? Étais-je en danger réel ? Je refusais de croire qu'Alistair me ferait du mal, mais mes nerfs sont à vif. Becks a la tête froide, et elle pense que je suis en péril.

C'est Alistair, je me dis. *C'est Alistair*. Comme un mantra. Ça me calme.

Nous montons à l'étage supérieur. Je rebondis sur mes talons dans l'ascenseur, sachant que je dois faire circuler mon énergie nerveuse dans mon corps ou en payer le prix plus tard avec des crampes d'estomac ou un mal de tête dû à la tension.

Nous arrivons enfin à la chambre d'hôtel. Le garde du corps inconnu posté là nous voit et frappe fermement à la porte.

Alistair répond. Je le regarde avec ce qui doit être des yeux terrifiés, et il grimace. Il m'attrape, me tirant à l'intérieur avec un salut reconnaissant à Henderson.

Je sens l'anxiété qui se précipite dans mon corps, glaçant mon sang. Avant que je ne puisse dire quoi que ce soit, Alistair m'enveloppe dans une énorme étreinte d'ours et me tient longtemps.

— Ivy, murmure-t-il dans mes cheveux. Ivy.

Je reste là, un peu sous le choc, ne sachant pas quoi faire. Il agit comme si *c'était lui* qui avait peur.

— Dis-moi ce qui se passe, je dis une fois qu'il relâche son emprise sur moi.

— Oui, répond-il, passant sa main dans ses cheveux. Asseyons-nous. Un verre ?

Je regarde ma montre. Il n'est même pas midi. — Non, merci. J'ai besoin de garder les idées claires.

Il se verse un whisky on the rocks. Je n'aime pas le voir agité. Il semble toujours complètement composé, ce qui est l'une des choses que j'aime chez lui. Sa confiance et son sang-froid me font sentir en sécurité. Je n'aime pas ça du tout. Aucun mot n'est échangé ; il ne semble pas savoir par où commencer, alors je prends les devants.

— Pourquoi nous rencontrons-nous ici au lieu du Raven ?

— Cet endroit est... discret, dit-il, plus calme maintenant.

J'avale ma salive et me repositionne sur mon siège. — Ça ne répond pas à ma question.

Il s'assied à côté de moi sur le canapé avec son verre de liqueur ambrée, le vide d'un trait, et pose le verre. — Il est venu à ma connaissance qu'un certain ami à toi devient... préoccupant.

Oh, merde.

Je veux dire, je l'ai vu venir. Je savais quand j'ai vu le message, mais maintenant c'est réel.

— C'est son travail, je contre. Elle est journaliste. Elle essaie juste de veiller sur moi.

Une expression de confusion assombrit ses yeux pendant une seconde. Il la chasse d'un battement de paupières. — Je ne parle pas de ton amie du journal.

Alors, qui ? Colin ? C'est l'enquêteur principal, après tout.

Alistair a une photo prête à me montrer sur son téléphone. C'est une image de mauvaise qualité, une capture d'écran prise d'une caméra de surveillance, mais je reconnais l'homme immédiatement. Il porte un holster, et il est dans mon appartement.

CHAPITRE 32
Lames de Rasoir et Feu

— TA VIE EST EN DANGER, dit Alistair. Jusqu'à présent, mon équipe de sécurité a bloqué trois tentatives distinctes.

— Des tentatives de quoi ? je demande.

— C'est ce que j'espérais que tu pourrais me dire.

Je le regarde sans comprendre.

Il prend ma main. — Tu dois nous dire absolument tout ce que tu sais sur cet homme et pourquoi il essaie de te retrouver.

Mon traumatisme passé remonte lentement à la surface et j'essaie de le repousser. Je ne veux pas de ça. Mais je n'ai pas le choix si je veux qu'Alistair me protège.

— Il était dans mon appartement ? je demande d'une voix timide.

Alistair hoche la tête.

Je ne me sens plus en sécurité nulle part maintenant.

— Pourquoi as-tu accès à ces images ?

— Tu n'as pas besoin de t'inquiéter de ça maintenant.

— Si, je réponds. Et je pense que tu sais pourquoi.

Je l'observe, attendant sa réponse.

Va-t-il me faire confiance avec la vérité ?

Il prend mon autre main, tenant maintenant mes deux mains dans les siennes. Il me regarde dans les yeux. — Ivy. Je pense qu'il est juste de dire qu'aucun de nous ne s'attendait à ce que ça arrive. Il fait un geste entre nous deux. On pensait que ce serait une aventure d'une semaine. Une escapade.

Je hoche la tête.

— Et maintenant nous savons que c'est beaucoup plus que ça.

Mon cœur bat si fort que je peux l'entendre. Je savais que je tombais amoureuse de lui, mais je ne savais pas qu'il ressentait la même chose pour moi.

— Oui. C'est... beaucoup plus que ça. Faute de trouver mes propres mots, je répète les siens.

— Il y a des choses... beaucoup de choses... que nous avons convenu dès le départ de ne pas nous dire, afin de profiter d'une semaine de plaisir sans complications.

— Mais les choses ont changé.

— En effet. Il se lève et va vers la fenêtre, regardant les nuages qui s'amoncellent à nouveau. Nous devons réfléchir à ce que nous voulons l'un de l'autre et de cette relation. Et je pense que le début de cette réflexion passera par une discussion ouverte sur nous-mêmes et nos passés respectifs. Une fois que tu auras entendu parler de ma famille, tu voudras peut-être t'en aller, et je respecterai ça. Mais pour l'instant, pour *maintenant*, nous devons faire ce qu'il faut pour te protéger. Nous devons parler de Jeffrey Bates.

Beurk. Le simple fait d'entendre Alistair prononcer

son nom fait remonter de l'acide dans ma gorge. Je ferme les yeux, attendant que l'envie de vomir passe. Un verre d'eau froide apparaît dans ma main.

— Pour gagner du temps, je vais te dire ce que nous *savons* déjà. Nous savons que tu as une ordonnance restrictive contre lui, et nous savons qu'il a un casier judiciaire. Comme tu peux l'imaginer, c'était suffisant pour nous faire redoubler d'efforts concernant ta sécurité. Ce que nous ne savons pas, c'est à quel point il est dangereux. Si ta vie est en danger.

Sa façon de dire ça fait bondir mon cœur. Le danger qui y est contenu, et l'amour.

— Ma vie en danger ? Je n'aurais pas dit ça, mais il n'a jamais eu d'arme avant. Et il n'est jamais entré par effraction dans mon appartement.

— Pour autant que tu saches, dit Alistair.

— La voiture qui nous suivait, qui suivait Henderson et moi. La Renault. C'était lui ?

— Nous le soupçonnons, mais sans plaque d'immatriculation c'est difficile à confirmer.

Je prends une profonde inspiration, essayant d'assimiler cette terrible nouvelle information. Je pensais être débarrassée de ce salaud, vraiment.

— Il t'a trouvée au Raven, dit Alistair. Il a réservé une chambre à l'étage en dessous de nous.

Mon sang se glace.

— Nous y avons trouvé un uniforme, celui que portent les serveurs du service d'étage.

— Oh mon Dieu. Je dois poser le verre, je tremble tellement.

— Je n'essaie pas de te faire peur. J'ai juste besoin que

tu comprennes le risque pour que tu sois prudente, et que tu nous permettes de te protéger.

Je ne peux m'empêcher de me demander où je serais sans Alistair. Attachée, bâillonnée et dans le coffre de Jeff ? Putain !

— On dirait que tu en sais beaucoup plus que moi, je dis. J'ai fréquenté Jeff pendant presque trois ans. Nous nous sommes rencontrés lors d'une réunion sur la crise climatique et nous avions les mêmes centres d'intérêt. L'environnement, le yoga, les livres. Au début, il était adorable avec moi. Il m'a précipitée dans une cohabitation, puis a commencé à relâcher sa façade. Sous l'apparence du bienfaiteur, c'était un être humain horrible. Vraiment. Tellement manipulateur. Contrôlant. Il a l'intelligence émotionnelle d'un enfant, perdant toujours son sang-froid et faisant des crises. Si l'appartement n'était pas propre, si son linge n'était pas lavé, s'il ne trouvait pas un câble de chargeur.

Ma main se porte à ma gorge. Je me souviens très bien de l'incident du câble. Une fois qu'il l'avait trouvé, il m'avait accusée de l'avoir caché, et m'avait punie pour ça.

Alistair me regarde avec inquiétude. — Donc, tu le décrirais comme déséquilibré, alors ? Violent ?

J'avale ma salive. — Oui. J'ai mis fin à la relation dès qu'il a commencé à m'agresser physiquement, mais il ne voulait pas partir. Il m'a menacée. Il a menacé... toutes sortes de choses.

Alistair revient sur le canapé et s'assoit avec moi, sa main chaude dans mon dos. — C'est suffisant ; c'est tout ce que nous avons besoin de savoir. Je ne veux pas que tu aies à penser à lui. Il dit la dernière partie les dents

serrées, essayant de cacher sa colère tout en me réconfor-
tant. Mais je vois la violence dans ses yeux. Des lames de
rasoir et du feu.

— J'ai peur, je gémis.

Alistair m'enveloppe dans une étreinte
complète. — Nous allons nous occuper de ça. Je ne lais-
serai jamais rien t'arriver, tu comprends ? Jamais.

Mais il m'a mal comprise. Je n'ai pas seulement peur
de Jeff. J'ai peur de lui aussi. Peur de ce que je ne sais pas
sur lui. Peur de ce dont il est capable. Mais surtout, j'ai
peur de le perdre.

CHAPITRE 33

L'Allumette

ALISTAIR INFORME LES GARS DEHORS. Je l'entends échanger des idées avec Henderson sur ce qu'il faut faire ensuite. Ils décident de fouiller le domicile de Jeff. Sans surprise, il n'est pas question d'impliquer les autorités. L'anxiété me traverse le corps comme une décharge électrique, comme si chaque cellule vibrait d'énergie nerveuse. J'ai l'impression de ne pas pouvoir respirer correctement. De ne pas pouvoir faire entrer assez d'air dans mes poumons.

Je n'arrive pas à croire que nous nous disputions à propos d'une réservation au restaurant un peu plus tôt.

— J'ai besoin de prendre l'air, dis-je à Alistair quand il revient. Si je reste enfermée ici, je vais devenir folle.

Et si ça prenait des semaines pour retrouver Jeff ? Il n'est pas question que je reste prisonnière ici.

Je vois sa mâchoire se crisper. Il veut refuser mais se ravise.

— Il y aura des conditions, prévient-il.

J'acquiesce. *Amène-les !* Je ferai n'importe quoi pour de l'air frais.

Alistair prend une boîte dans le couloir.

— Un cadeau ! annonce-t-il. Pas le plus romantique, mais on aura le temps pour ça.

Je fronce les sourcils, puis je prends le paquet et le déchire. Un gilet pare-balles. Je le tiens devant moi.

Alistair hoche la tête avec approbation.

— Je ne doute pas que tu seras belle là-dedans.

J'ai envie de dire « Sérieusement ? », mais je me souviens du holster de Jeff et le remercie à la place. Il m'aide à me lever de la chaise. Je tremble encore, alors il déboutonne mon chemisier. J'observe son visage pendant qu'il le fait, et, malgré tout — ou à cause de tout ? — je suis remplie d'affection. Ensuite, il me passe le gilet par-dessus la tête et me montre comment l'attacher solidement. Le bruit du Velcro qui se détache me rappelle notre deuxième nuit ensemble. Quand notre relation se terminera, je sais que je serai hantée par lui. Quand j'entendrai du Velcro, quand je sentirai de la glace sur ma langue, quand je porterai un masque pour dormir.

Alistair m'admire dans le gilet noir rembourré tout en vérifiant qu'il est bien ajusté.

— Tu serais vraiment sexy dans n'importe quoi, franchement.

— Inapproprié, je plaisante.

— Mais vrai, répond-il.

— Est-ce qu'on va s'en sortir ? je demande. Je n'avais pas l'intention de le dire à voix haute.

Ses yeux me transpercent.

— Bien sûr que oui, répond-il. Une connexion comme la nôtre survivra à tout.

Je l'embrasse. C'est une étreinte émotionnelle remplie de peur, de désir et de gratitude. Quand nous nous séparons pour reprendre notre souffle, il fait un signe vers la porte.

— Allons-y.

La première condition était que je devais porter le gilet. La deuxième, que nous marcherions en groupe, avec Alistair à mes côtés. Je me sens comme une gamine capricieuse, étant la cause de quatre hommes adultes devant marcher juste parce que j'ai besoin d'air, mais personne ne semble s'en formaliser. Jeff n'a pas été repéré dans les environs, et ce n'est pas comme s'il était assez dérangé pour ouvrir le feu dans un lieu public, donc il ne semble pas y avoir de danger immédiat. Malgré les circonstances horribles, je me sens en sécurité et protégée, entourée par ces hommes.

Je ne suis pas sûre de ce qui va se passer ensuite, ni où nous dormirons ce soir.

Je ne peux pas retourner à mon appartement. Nous ne pouvons pas aller à The Raven. Resterons-nous à Sable jusqu'à ce que Jeff soit retrouvé ? Et que lui feront-ils s'ils ne le remettent pas aux autorités ?

Je frissonne. Je veux qu'il disparaisse pour toujours, mais je ne veux pas qu'il soit blessé.

Je sens mon téléphone vibrer dans ma poche. Je sais que ce n'est pas Alistair, donc c'est probablement Becks. Je vérifierai plus tard. Ce dont j'ai besoin maintenant, c'est de l'air frais et de l'exercice, pour me reconnecter à la réalité, pour avoir une perspective. Alistair me sourit et prend ma main, et sans les gardes du corps et le gilet pare-balles, on jurerait que nous sommes juste un couple normal. Mon téléphone vibre à nouveau, puis encore. Ma curiosité s'intensifie. D'autres messages arrivent. Je le sors de ma poche. Becks. J'enlève mon gant pour faire défiler le flot de messages presque incompréhensibles.

REBECCA BRADLEY

Ivy PUTAIN

PUTAIN

PUTAIN

Je ne sais pas ce qui se passe

Putain de JEFF

Je ne comprends pas ce message mais il a dit que toi tu comprendrais

[Transféré]

Dis à Ivy que je suis dans la forêt avec le gardien. Si elle n'arrive pas d'ici 14 h, la forêt brûlera entièrement, avec le gardien à l'intérieur. Si elle le dit à quiconque, ou amène quelqu'un, l'allumette sera craquée plus tôt. Qu'elle n'essaie pas d'être maligne. Je le saurai.

Je frissonne. Mon estomac se contracte si fort que je crois que je vais vomir. Le message transféré vient sans aucun doute de Jeff. M'appeler *maligne* était l'une de ses insultes préférées.

Poison Ivy. Tu te crois tellement maligne.

Mais ce n'est pas ce qui me glace jusqu'aux os. C'est sa menace. Il va brûler la forêt. Il est avec mon frère.

BORDEL Ivy, qu'est-ce que je dois faire ??

Police ??

Je panique complètement.

Les mains tremblantes, je tape une réponse.

Ne fais rien. Je m'en occupe.

Tu ne vas rien foutre du tout !

Je viens te rejoindre. Où ?? Où est cette putain de forêt ?

Tu vas le dire à Alistair ??

Si tu appelles les flics ou que tu préviens Alistair, Jeff le saura. Mon frère mourra. NE FAIS RIEN DU TOUT.

Alistair me regarde, préoccupé, se demandant pourquoi je suis blême et avec qui je communique. Je force un sourire et range mon téléphone.

— Ça va ? demande-t-il.

Je ne fais pas confiance à ma voix, alors je maintiens mon faux sourire et hoche la tête. J'avale la bile dans ma gorge.

Un bistrot charmant apparaît sur notre gauche.

— Envie d'un café ? dis-je, forçant les mots à sortir aussi joyeusement que possible.

Il me regarde, perplexe. Il sait que quelque chose ne va pas, mais me laisse de l'espace.

— Excellente idée, répond-il, et il m'ouvre la porte. Il commande des cafés pour notre entourage pendant que je m'excuse pour aller aux toilettes.

Je prends une serviette en papier au passage et j'arrête un serveur qui équilibre un plateau de milkshakes, lui demandant son stylo. Je griffonne « JE SUIS DÉSO-LÉE » dessus, et la lui remets avec un pourboire de 100 £. Je lui dis de ne donner la serviette à Alistair que lorsqu'ils commenceront à me chercher, pas une seconde avant.

Il acquiesce, empoche l'argent, puis désigne les portes battantes derrière lui.

— Il y a une sortie par la cuisine.

Je sprint à travers la cuisine, essayant d'éviter les collisions avec les serveurs, les couteaux et les marmites fumantes. La porte arrière est facile à repérer, et je la franchis puis descends la rue avant que quiconque ne remarque ma disparition. Je frappe à la vitre d'un taxi, faisant sursauter le chauffeur, qui appuie sur le bouton pour l'ouvrir.

— C'est une urgence ! je crie.

J'entends les portes se déverrouiller et je saute à l'arrière, éteignant mon téléphone pour qu'Alistair ne puisse pas me tracer. Ce faisant, je me sens désespérément en manque de sa compagnie et de sa protection, mais je sais que ce serait signer l'arrêt de mort de mon frère.

— Brighton, s'il vous plaît, aussi vite que possible.

Le chauffeur de taxi m'examine d'un œil suspicieux via son rétroviseur, peut-être pour vérifier si je suis en train d'accoucher, ivre, ou en fuite de la police. Il démarre lentement.

— Plus vite, j'insiste. J'ai trop peur de regarder derrière moi. Je ne veux pas que quelqu'un voie mon visage et me poursuive. Je me recroqueville dans le siège tandis qu'il appuie enfin sur l'accélérateur.

J'ai moins de vingt minutes pour élaborer un plan.

Jeff est manipulateur, mais est-ce que je pourrais le battre à son propre jeu ? C'est lui qui est obsédé par moi, alors cela ne me donne-t-il pas un certain pouvoir ? Mes pensées voltigent comme des oiseaux nerveux, ne se posant pas assez longtemps pour prendre sens ou pour concevoir un plan. Que sais-je avec certitude ? Que Jeff, frustré de ne pas pouvoir m'approcher chez moi ou à The Raven, me force à venir à lui. Il appuie sur ce qu'il sait être mon point le plus vulnérable : mon amour pour mon frère. Je savais que Jeff avait des problèmes, mais je n'avais aucune idée qu'il me traquerait à The Raven ou menacerait la vie de Jamie. À ce qu'il paraît, il est passé rapidement de narcissique violent à psychopathe.

Je vais neutraliser la situation, je me dis. *Je ferai tout ce qu'il faut pour que Jamie soit en sécurité. Le reste n'a pas d'importance.*

Le téléphone me brûle dans la poche. J'aimerais pouvoir vérifier les messages. Becks doit être morte d'inquiétude. Alistair sera furieux. Mais rien de tout cela n'a d'importance maintenant.

Que veut Jeff ? Je veux dire, je sais qu'il veut que je revienne, veut une relation, mais même lui doit savoir que ce n'est plus une option. Pas après ça. Mais il veut *quelque chose*.

La vengeance ? je me demande. Pour l'avoir quitté. Pour avoir prouvé que j'étais mieux sans lui, parce qu'il me répétait toujours que je n'étais rien. J'étais pire que rien. J'étais un poison.

Si le psychopathe voulait se venger, qu'il le fasse. Mais seulement avec moi. S'il touche à mon frère... Je ne peux même pas y penser. Ce n'est pas une option.

L'horloge indique 13 h 42.

Je ferme les yeux. *Réfléchis, Ivy. Réfléchis.*

— Vous allez vomir ? demande le chauffeur. Il n'a pas l'air accusateur, juste inquiet.

Mes yeux s'ouvrent brusquement.

— Non, je réponds. Je ne suis pas malade. Juste en train de réfléchir.

Il pince les lèvres d'une façon qui me fait croire qu'il n'y croit pas.

— Vous êtes terriblement pâle, dit-il. Comme un fantôme. Je peux vous emmener chez un médecin, sans frais.

— Ça va, dis-je. Mes yeux descendent vers le porte-gobelet qui sépare les sièges avant. Il y a une bombe de gaz au poivre.

— Est-ce que je peux vous acheter votre gaz au poivre ? je demande.

Il fronce les sourcils.

— Vous êtes en danger, ma p'tite dame ?

Comme je ne réponds pas, il dit :

— Je peux vous conduire directement au commissariat. Vous serez en sécurité là-bas.

— C'est quelqu'un d'autre qui est en danger, j'avoue. S'il vous plaît, emmenez-moi juste à Brighton. J'ai besoin d'aider quelqu'un.

Nous y sommes presque.

— Le gaz au poivre ? Je vous donne cent livres.

Le chauffeur ricane.

— Du bonbon volé à un bébé ! Pas question. Vous le prenez gratuitement. C'est un cadeau. Je les achète deux pour dix livres au magasin du coin.

La tension entre nous s'adoucit.

— Merci, je soupire. Je cherche son nom sur les informations affichées sur son tableau de bord. Dougie MacKenzie. Merci, monsieur MacKenzie.

Il me le passe.

— Faites attention avec ça. Familiarisez-vous avec. Vous ne pouvez pas imaginer combien de gens se le pulvérisent directement dans le visage.

— D'accord, je réponds. Je vois comment ça se déverrouille, et où je dois appuyer. Je m'entraîne quelques fois, m'habituant à la sensation, espérant créer rapidement une mémoire musculaire au cas où ma peur me paralyserait au moment où j'aurais besoin d'utiliser ce truc. Glisser pour déverrouiller, appuyer pour pulvériser. Glisser pour déverrouiller, appuyer pour pulvériser. Puis je le mets dans ma poche et je m'entraîne là. — Compris, dis-je.

Je regarde l'horloge, l'adrénaline inondant mon système sanguin. Il est 13 h 46. Jeff déteste quand je suis en retard. Et être moins de cinq minutes en avance, c'est « être en retard ».

Juste à l'extérieur de Brighton, je donne à MacKenzie l'adresse de Jamie.

Alors que nous approchons de la maison, le chauffeur de taxi ralentit, hésitant à me déposer quand il sait que je suis dans une sorte de problème.

— J'aimerais vous attendre dehors, si vous me le permettez.

— Non, je réponds. Il vous verra. Ce ne sera pas sûr. Mais merci. Pour tout.

Prévoyant qu'il ne voudra pas me faire payer la course, je me penche rapidement et dépose deux billets de 100 £ sur le siège passager. Avant qu'il ait une chance de discuter ou même de s'arrêter complètement, je saute du taxi et cours.

Les mouettes crient et tournent au-dessus de ma tête. Je peux sentir l'océan. La modeste maison de Jamie a l'air trompeusement tranquille, avec sa façade pittoresque peinte dans un doux vert pastel. Le toit en pente projette des ombres inquiétantes, ses pignons et ses lucarnes ressemblant à des yeux vigilants qui observent silencieusement mon approche. Avant d'atteindre la porte d'entrée avec son excentrique heurtoir en forme de homard en acier, elle s'ouvre, et Jeff m'adresse un énorme sourire satisfait. J'ai envie de lui donner un coup de pied au visage. Je le déteste tellement, plus que je n'ai jamais détesté quoi que ce soit ou qui que ce soit dans ma vie. Ses yeux brillent dangereusement.

— Où est Jamie ? je demande. Où est-il ?

Jeff met un doigt sur ses lèvres, calme comme un putain de concombre.

— Baisse la voix, Ivy. Nous ne voulons pas déranger les voisins.

Je serre les dents. Je ne ralentis pas. En arrivant à la porte, il s'écarte pour me laisser entrer, puis la verrouille derrière moi. Le son du mécanisme qui se verrouille fait dresser les cheveux sur ma nuque. Il y a quelque chose de définitif là-dedans. Quelque chose de mort.

CHAPITRE 34

Le Gardien de la Forêt

— IVY ! s'exclame Jamie depuis le salon. — Ivy est là !

Jeff sourit. Ses yeux sont fous. — Je t'avais bien dit que je la ferais venir nous voir, non ?

— Oui, dit Jamie. Oui, c'est vrai ! Tu avais raison, Jeff. Ivy est là.

Une énorme boule se forme dans ma gorge. — Salut Jamie. Je l'examine rapidement pour m'assurer qu'il va bien, puis je le serre dans mes bras. Je suis tellement soulagée qu'il n'ait rien.

— Jeff m'a dit que tu venais nous rendre visite, dit-il avec un sourire éclatant, ses yeux en amande brillant d'excitation.

— Oui, dis-je en essayant de cacher ma peur. Jamie ne pourrait jamais imaginer que Jeff nous veuille du mal. Avec sa candeur enfantine, il voit toujours le bon côté des gens et fait ressortir le meilleur en eux. Et maintenant j'ai amené ce mal dans sa maison. — Ça va ? Où est Lorna ?

Son aide à domicile n'est pas à plein temps, elle passe juste quotidiennement pour s'assurer que Jamie va bien.

Il est très indépendant, comme le sont généralement les adultes trisomiques. Assez indépendant pour vivre seul, avec juste un peu d'aide. Lorna est formidable avec lui et lui apporte toujours des petites choses qu'elle sait qu'il aime. Des biscuits au gingembre, des pinceaux, des tartelettes à la viande à Noël.

— Elle est venue et repartie, répond Jeff en me fusillant du regard. Elle était très contente de voir que Jamie avait de la visite. Elle a dit que tu n'étais pas venue de toute la semaine. Il crache cette dernière phrase sur un ton accusateur, comme si j'avais été négligente. Puis il se tourne vers mon frère. — Jamie, pourrais-tu nous faire du thé ? Nous sommes tes invités.

Jamie cligne des yeux, mortifié. — Je suis vraiment désolé ! C'était impoli de ma part. Je suis désolé. Oui. Je vais mettre la bouilloire à chauffer. Il se précipite vers la cuisine.

— Qu'est-ce que tu fous ici, bordel ? je murmure entre mes dents serrées.

— Pas besoin d'être aussi agressive, répond Jeff. Je suis ici pour te sauver.

— Me *sauver* ? je balbutie.

— Oui. Tu es clairement dépassée par les événements. Tu es en danger.

— *Tu* es le seul à me mettre en danger ! je m'exclame à voix basse. C'est toi qui t'introduis dans mon appartement et—

Je ne veux pas mentionner l'arme, je ne veux pas aggraver la situation. Je connais la rapidité de son tempérament. Je ne suis pas venue ici pour me disputer. Je secoue la tête. — Dis-moi simplement ce que tu veux.

Il rit. — Tu sais ce que je veux. C'est ce que j'ai voulu depuis notre rencontre. Je te veux *toi*.

Une décharge d'adrénaline envahit mon sang. Je le pensais instable, mais maintenant je soupçonne qu'il est réellement fou. Comment peut-il penser que nous pourrions avoir une relation après ce qu'il a fait ? Pas seulement aujourd'hui, mais quand nous étions ensemble, avant.

Je me démène pour trouver quelque chose qui stabilisera la situation. Devrais-je accepter de me remettre avec lui jusqu'à ce que Jamie soit en sécurité ? Dois-je essayer de convaincre Jeff qu'il ne me veut pas ? Il m'a toujours qualifiée de poison.

Mais j'ai le sentiment que la logique ne s'appliquera pas ici.

— Tu ne te rends pas compte du danger dans lequel tu te trouves, dit-il.

Je tremble toujours.

— Tu n'as aucune idée de ce dans quoi tu t'es fourrée avec ce chef de la mafia. Sais-tu ce qu'il fait aux gens ?

— Ce n'est pas un *chef de la mafia*, je raille.

Il ricane. — Tu es complètement à côté de la plaque. Je veux dire, je sais que tu n'as jamais été la plus brillante, mais bon sang.

— S'il est si dangereux, pourquoi est-ce que tu t'en prends à moi ? Il est très protecteur, tu sais. Il te tuera si tu me fais du mal.

Son corps se raidit. — Tu crois que je ne le sais pas ?

Je dois détourner le regard. Ses yeux sont meurtriers. — Explique-moi ton plan, alors.

— À mon avis, nous avons deux options. Soit tu pars

avec moi et nous prenons un nouveau départ quelque part loin d'ici. Soit, eh bien, je pense que nous savons tous les deux ce qui devra se passer.

— Tu ne feras pas de mal à Jamie, par contre, dis-je.

Jeff prend un air triste. — Il est témoin, maintenant, malheureusement. Et je ne peux pas le laisser raconter tout ça à la police.

— Il n'est pas trop tard, dis-je. Tu n'as encore fait de mal à personne. Il n'y a rien à témoigner.

Jeff grimace de façon théâtrale. — Ce n'est pas tout à fait vrai.

Je sens le sang qui se retire de mon visage. — Qu'est-ce que tu veux dire ? Qu'est-ce que ça veut dire ?

Je suis son regard vers le porte-chaussures près de la porte. Les baskets de Lorna sont là, soigneusement rangées à côté des bottes en caoutchouc bleues caractéristiques de Jamie.

— Non, dis-je, l'estomac noué. *Non, non, non.*

Jeff hausse les épaules. — C'était de sa faute, vraiment. Elle ne voulait pas partir, cette vieille conne têtue. Et j'avais besoin qu'elle s'en aille avant que tu n'arrives.

— Tu es un monstre, je murmure.

Lorna était la personne la plus gentille que je connaissais. Je sens mes sinus piquer avec les larmes, mais je les retiens. Ce n'est pas le moment de m'effondrer.

— Non ! crie Jeff en faisant un pas vers moi. C'est ton nouveau mec qui est un monstre.

— Alistair ne fait pas de mal à des infirmières au grand cœur ! Il ne menace pas les frères vulnérables des gens.

— Que tu saches, dit-il. Et sais-tu pourquoi tu ne sais

pas ces choses ? Parce que les Ravenscroft ont assez d'argent pour tout dissimuler, à chaque fois. Quand ils veulent que quelqu'un disparaisse, cette personne s'évapore comme par putain de magie. Pas de corps, pas de crime. Et la police est dans leur poche. Évidemment.

— D'où vient cette soudaine obsession pour les Ravenscroft ?

— Parce que je l'ai vu. *Alistair*. À la manifestation. Il t'a emportée dans ses bras comme une putain de princesse Disney. Il n'avait aucun droit de faire ça. Nous manifestions contre *lui*. Contre tout ce qu'il représente. Il n'avait aucun droit de débarquer et de prétendre être un héros.

— Je suis tombée, dis-je. J'aurais été piétinée dans la panique. Il m'a probablement sauvé la vie.

— Eh bien, il n'aurait pas dû ! crie Jeff. Il n'en avait pas le droit !

— Ouais, dis-je avec sarcasme. Il aurait dû me laisser mourir. Comme le méchant *chef de la mafia* qu'il est.

— Tu ne serais pas morte, dit-il en se frottant le visage. Tu ne serais pas morte, parce que j'étais juste là, à te surveiller. *J'étais* celui qui était censé venir à ton secours quand les bombes ont été déclenchées.

Je me sens soudain défaillir. — C'était toi, je murmure. Tu as posé les bombes.

— De façon très stratégique, dit-il. Et des explosions très petites, pour que personne ne soit blessé.

— *J'ai* été blessée, je m'écrie.

— À peine. Tu n'avais pas l'air si mal en point quand tu t'es installée avec un milliardaire.

Ma bouche reste entrouverte. — Tu as posé les

bombes, et ensuite tu allais me secourir. Et après ? Vivre heureux pour toujours ?

— Je ne suis pas *stupide*, Ivy. Je sais que nous avons... des bagages à régler. Mais ça aurait pu être un nouveau départ pour nous. Une seconde chance.

Je le fixe. Comment est-il devenu si délirant, si vite ?

— Nous sommes faits l'un pour l'autre, insiste-t-il. Tu le sais. Je *sais* que tu le sais.

Réfléchis vite, Ivy, bordel de merde.

— Des gens comme les Ravenscroft ne sont pas comme nous, continue-t-il. Ils se fichent de la planète. Ce sont le genre de personnes qui ravagent l'environnement. Qui rasent et pillent tout sur leur passage pour gagner toujours plus d'argent aux dépens de tout et de tous. Les Ravenscroft sont nos *ennemis*.

Jamie revient, équilibrant un plateau avec beaucoup de précaution. Grimaçant de concentration, il le pose sur la table basse. Il cligne des yeux vers Jeff, espérant son approbation. — Je nous ai fait du bon thé, Jeff, dit-il.

— Merci, Jamie, je réponds. C'est très gentil de ta part.

— Je ne savais pas si tu préférais les biscuits au chocolat ou les biscuits à l'avoine, Jeff, alors j'ai mis les deux sur l'assiette.

Jeff dévisage Jamie avec colère, et je sais ce qu'il pense. Mon frère a rempli son rôle en me faisant venir ici, mais maintenant il est une distraction gênante. Quand il perdra son sang-froid — pas si, mais quand — je ne veux pas qu'il fasse du mal à mon petit frère.

— Jamie, je redirige, aussi calmement que possible. Pourquoi ne prendrais-tu pas quelques biscuits pour aller travailler sur tes peintures ?

— Mais j'ai des visiteurs, répond-il. Ce serait impoli. Ce serait impoli, n'est-ce pas, Jeff ?

Jeff lève les yeux au ciel, ce qui contrarie Jamie, qui a soudain l'air confus et triste. — Je suis désolé, dit-il, même s'il ne sait pas ce qu'il a fait de mal.

— Ce n'est pas du tout impoli. Je lui fais une pression rassurante. On te rejoindra juste après pour voir ton art.

Cela semble le réjouir. Il prend un biscuit et quitte la pièce pour son « atelier » au fond, une simple véranda qui est son endroit préféré. Nous l'appelons tous la forêt parce qu'il adore peindre des arbres. Cela l'apaise et lui apporte de la joie. Des toiles et des toiles d'arbres tapissent les murs. Lorna appelait Jamie le gardien de la forêt, ce qui ne manquait jamais de le faire sourire.

Jeff s'agite de plus en plus. Je le connais assez bien pour être sûre qu'il va bientôt faire quelque chose de brutal. J'y suis déjà passée, j'ai les cicatrices pour le prouver. Il s'approche de moi et je perçois une odeur. C'est subtil, mais indéniable. Au début, je pense que c'est peut-être de la térébenthine provenant de l'atelier, mais je réalise ensuite que c'est de l'essence. Je renifle l'air, sans me soucier de cacher ma suspicion, puis je fixe Jeff.

Il est belliqueux. — Quoi ?

— Tu n'oserais pas, je murmure avec horreur.

Il me regarde avec mépris. — Tu ne me connais pas du tout, n'est-ce pas ?

CHAPITRE 35
Pas encore

J'EXAMINE RAPIDEMENT MES OPTIONS. Jouer le jeu avec ce psychopathe et le suivre jusqu'à l'endroit maudit où il compte nous emmener pour ce nouveau départ. Je trouverai bien un moyen de m'échapper en chemin. Ou alors, l'affronter ici pendant que Jamie est en sécurité dans son atelier — mais si je perds ce combat, Jamie sera en danger.

Je prends une profonde inspiration et soupire. « Tu as gagné. »

— Qu'est-ce que ça veut dire ?

— Je vais le faire. Je vais partir avec toi. Je ferai tout ce que tu voudras.

— Tu vas quitter ton petit ami milliardaire pour moi ?

Qu'il se raconte ce qu'il veut.

— Oui, dis-je en essayant de simuler de l'enthousiasme. On peut recommencer. Comme tu l'as dit.

Il me regarde avec suspicion. « Vraiment ? »

Mon Dieu, il faut vraiment que je sois plus convaincante si je veux avoir une chance de sortir d'ici vivante. Je dois donner tout ce que j'ai.

— Oui, dis-je en essayant de lui lancer un regard tendre. Ce n'est pas facile avec la haine qui brûle en moi. À vrai dire... ça sera un soulagement d'être loin d'Alistair. Il est très... autoritaire.

— Oui, acquiesce Jeff.

— Et tu sais que je suis malheureuse dans mon travail. J'ai envie de démissionner depuis des années.

— Ce job n'a jamais été fait pour toi, confirme-t-il.

— Becks et moi, on s'est disputées. On a eu une vraie prise de tête ce matin même. Je ne veux plus vraiment l'avoir dans ma vie. Je déteste mon appartement. Tu le sais bien.

Il hoche la tête. Même s'il n'avale pas toute l'histoire, il s'adoucit visiblement. Je sais qu'il a désespérément envie d'y croire, et s'il est vraiment délirant, il y a une chance qu'il le fasse.

— Ça tombe en fait à un moment parfait pour moi, dis-je. Une nouvelle vie, ça semble... incroyable.

— Ça pourrait l'être, répond-il. Si tu lui donnes une chance.

— Je vais lui donner une chance, dis-je. J'aurai besoin de vêtements.

— Je les ai dans ma voiture, dit-il.

Je fronce les sourcils.

— C'est ce que je faisais chez toi. Je préparais quelques vêtements pour toi.

Alors il pense *vraiment* que c'est une option. C'est à la fois encourageant et terrifiant.

— Super, dis-je d'une voix enjouée qui sonne faux même à mes oreilles. Allons-y !

— On devrait dire au revoir à Jamie, dit Jeff. On ne sait pas quand on le reverra.

Non. Je ne veux pas que Jeff s'approche de mon frère. J'avale ma peur. « Ce n'est pas nécessaire. Ne l'interrompons pas pendant qu'il fait son art. Partons simplement. »

— J'insiste, grince-t-il en m'attrapant le bras, ses doigts s'enfonçant dans ma chair. C'est la première fois qu'il me touche et je tressaille. Il le remarque. Jeff déteste quand je sursaute. C'est l'une des choses qui le rend fou. Merde.

Il me traîne à travers la cuisine jusqu'à l'atelier, où je fais semblant d'être calme malgré la forte odeur d'essence dans la pièce.

— Salut, Ivy ! dit Jamie, radieux. Salut, Jeff ! Il a un pinceau à la main.

— On va y aller, dis-je en essayant de garder une voix égale. On se voit bientôt, d'accord ?

— D'accord, dit-il, concentré sur sa peinture.

— J'amènerai maman et papa la prochaine fois, dis-je gaiement, malgré les doigts de Jeff qui me font mal au bras. On pourra faire un déjeuner spécial. Tu pourras nous montrer toutes tes peintures.

Jamie sourit. « Un déjeuner spécial ! On peut avoir des hamburgers ? Non ! Des cheeseburgers. Sans moutarde. »

J'acquiesce en essayant de cacher mon émotion. « À bientôt. Je t'aime. »

— Je t'aime, Ivy !

C'est un petit soulagement quand nous nous retournons et quittons la véranda. Au moins il est en sécurité pour le moment. Ça me donne un peu de courage. Si je garde la tête froide, on s'en sortira vivants. Jeff me dirige à travers la cuisine et retourne au salon. Je pense qu'on va continuer jusqu'à atteindre la porte d'entrée, mais soudain, une douleur aiguë me transperce le cuir chevelu alors que Jeff me tire en arrière par les cheveux et me projette au sol. Le choc m'empêche de crier malgré la douleur.

Il grimpe sur moi, à califourchon sur ma taille, son visage déformé par la fureur.

— Espèce de petite *garce* manipulatrice. Tu me prends pour un imbécile ? C'est toi qui es stupide ! C'est comme si tu n'apprenais jamais. J'ai essayé de t'éduquer, mais TU N'APPRENDS JAMAIS QUELLE EST TA PLACE !

Avant que je puisse dire quoi que ce soit, il me frappe de toutes ses forces. La douleur est incroyable. Une dent bouge. Mon corps hurle de terreur. Il sait ce qui va suivre. Aveuglée par le coup, ma vision vacille, mes pensées s'embrouillent.

Non, c'est tout ce que je peux penser. *Non. Non. NON. Pas encore.*

Je cherche la bombe au poivre dans ma poche, enlève la sécurité et la pulvérise au visage de Jeff. Il hurle et ses mains volent vers son visage, essayant d'essuyer le liquide brûlant. Ça me brûle aussi, mais je peux m'éloigner du pire. On tousse tous les deux. Je me précipite sur son étui, essayant d'attraper son arme pendant qu'il se débat. Je parviens enfin à le saisir correctement malgré mes mains moites de transpiration... mais quand je cherche l'arme, elle n'y est pas. L'étui est vide.

Non !

Quand je regarde Jeff, je fixe le canon de son revolver.

CHAPITRE 36
Putain capitaliste

J'AI IMMÉDIATEMENT LEVÉ les mains en signe de reddition. Je suis à genoux.

— Je suis désolée, je gémis. Je peux goûter le sang dans ma bouche. Je suis vraiment désolée. J'ai paniqué. Ça ne se reproduira plus.

L'expression de Jeff est celle d'un choc total. Je n'avais jamais riposté. Ses yeux sont des fentes rouges, sa peau rose et marbrée. Je sais à ce moment-là qu'il va me tuer.

Je garde les mains en l'air, m'inclinant en supplication. Je veux qu'il sache qu'il a tout le pouvoir. Il n'a pas besoin de me faire mal pour le prouver. Mais il est tellement en colère qu'il pense devoir me le montrer. Il me donne un coup de pied dans le ventre. Je me penche en avant sous la douleur fulgurante, enroulant mes bras autour de ma taille, luttant pour reprendre mon souffle. Du sang chaud et de la salive coulent de ma bouche.

Je veux m'excuser à nouveau, dire n'importe quoi qui arrêtera la douleur, mais ma bouche ne fonctionne pas, ou peut-être est-ce mon cerveau. Ce coup à la tête était vraiment violent.

— Tu me dégoûtes, dit Jeff. Tu es une fausse. Une menteuse. Une croqueuse de diamants. Tu es une *putain* capitaliste.

Va te faire foutre, je pense. Je préfère être une putain qu'un putain de psychopathe.

— Tu fais ressortir le pire en moi, dit-il.

Sans blague.

C'est probablement une bonne chose que je ne puisse pas parler, parce qu'il n'aimerait pas ce que j'ai à dire.

— Regarde ce que tu as fait. On aurait pu avoir une vie ensemble.

Étourdie, je regarde son visage furieux puis le revolver et encore son visage. Comme je ne réponds pas, il me pousse au sol et je pense qu'il va m'enfourcher à nouveau, mais au lieu de cela j'entends un déchirement, puis il enroule du ruban adhésif noir autour de ma bouche, puis de mes poignets et de mes chevilles.

Quand il a terminé, il s'assoit sur le canapé et me regarde, tapant du pied. Il se demande probablement comment il va me faire monter dans sa voiture sans que les voisins ne nous voient. Il devrait le faire rapidement, ou risquer que Jamie nous trouve dans cet état. Il commence à faire les cent pas, l'arme à la main. Son agitation me terrifie. Nous sommes à un cheveu de la catastrophe, et il n'y a absolument rien que je puisse faire.

CHAPITRE 37
Couteau

IL Y A UN bruit à l'étage. Ses yeux s'écarquillent.

Lorna ! Elle doit être vivante. Le soulagement m'envahit, suivi d'une terreur renouvelée. Ce n'est pas comme s'il allait la laisser vivre. Pas maintenant.

Jeff me jette un coup d'œil, s'assurant que je suis complètement neutralisée par les liens. Satisfait de ce qu'il voit, il monte à l'étage en courant, son arme à la main.

Je panique totalement. Je me débats, je hurle, je lutte contre le ruban adhésif qui me rend inutile et vulnérable. Tout ce que j'arrive à faire, c'est m'épuiser.

Il existe une astuce pour rompre le ruban adhésif autour des poignets. Une vidéo virale que j'ai vue sur l'un des réseaux sociaux. Mais ça fonctionne quand les poignets sont attachés devant soi, pas derrière. J'ai besoin d'un couteau, mais la cuisine pourrait aussi bien être dans un autre pays avec mes chevilles si étroitement liées.

J'essaie quand même. Je sais que je risque d'énerver davantage Jeff, mais si je peux me libérer à temps, ça en vaudra la peine. Ce n'est pas comme si j'avais d'autre option. Je me redresse sur les genoux, remerciant les dieux du yoga pour mes muscles abdominaux solides, et commence à avancer centimètre par centimètre. C'est un travail méticuleux et maladroit, et chaque bruit que j'entends me fait sursauter. J'attends simplement le moment où il me tirera à nouveau par les cheveux. C'est l'un des tours préférés de Jeff.

Avancer à pas d'escargot est insupportable. Je n'y arriverai jamais. Puis ça empire. Malgré ma progression lente, je perds l'équilibre et tombe sur le côté avec un bruit sourd. Je retiens mon souffle, certaine que Jeff a dû l'entendre. Je n'ai parcouru que quelques dizaines de centimètres, mais il saura que j'ai tenté de m'échapper. Je reste allongée sur le côté un instant, reprenant mon souffle, quand je le vois. Mon téléphone. Il est sous le canapé. Il a dû tomber par terre pendant notre lutte.

Je hurle intérieurement. C'est ma *seule* chance.

Tout ce que j'ai à faire, c'est l'allumer, et Alistair pourra localiser ma position. Mais comment ? J'essaie une nouvelle série de mouvements désordonnés contre le ruban, et me retrouve à nouveau vaincue. Je dois toujours me rendre à la cuisine. Je me force à me remettre sur les genoux et recommence à avancer petit à petit.

Je peux y arriver, me dis-je. Je peux y arriver. Pas trop vite ou je vais tomber à nouveau. Pas trop lentement ou Jeff me rattrapera.

Mon estomac se serre quand j'entends des pas venant du studio.

— Ivy ! crie Jamie, alarmé. Qu'est-ce qui se passe ?

Sa voix est si forte que j'ai envie de pleurer. Les yeux

écarquillés, je secoue frénétiquement la tête. J'essaie de lui dire de retourner au studio et d'attendre, mais maintenant il panique. Il piétine sur place un moment, ne sachant pas quoi faire. J'essaie en vain de lui faire signe de retourner en arrière, de s'enfuir, alors j'essaie plutôt de lui faire comprendre qu'il doit m'enlever le ruban de la bouche. Je crie dans mon bâillon, espérant qu'il comprendra le message.

Une petite lumière s'allume dans ses yeux. Il s'approche avec précaution. J'acquiesce, essayant de l'encourager. Il est hésitant, effrayé, et ne veut pas me faire mal. Je continue à hocher la tête, sans quitter ses yeux des miens. Finalement, il saisit le ruban sur ma bouche et tire.

Je remplis mes poumons d'air.

— Couteau, je chuchote. Couteau. Vite.

Jamie, effrayé et choqué, met une seconde à enregistrer ce que j'ai dit, puis se déplace vers la cuisine en crabe, ne voulant pas me quitter des yeux. Il revient avec des ciseaux de cuisine et hésite à couper le ruban autour de mes poignets.

— Aussi vite que tu peux, Jamie. Je parle en essayant de paraître calme.

Il hoche la tête et se met au travail. Dès que mes mains sont libres, j'arrache les ciseaux et libère mes chevilles.

— On doit courir, lui dis-je.

Jamie secoue la tête. Il est trop effrayé pour faire quoi que ce soit. Je le saisis par les épaules.

— MAINTENANT, Jamie. MAINTENANT. Tu comprends ?

— Je ne sais pas ce qui se passe, murmure-t-il, puis il met ses mains sur ses tempes comme pour se protéger de sa panique. Je ne sais pas ce qui se passe.

— Tout ce qu'on a à à faire, c'est sortir de la maison, je le rassure. Je voudrais m'échapper par l'arrière, mais il n'y a aucun moyen de sortir de la propriété depuis son petit jardin. Nous devrons passer par la porte d'entrée. Je prends sa main. Allons-y.

Mais il refuse de bouger.

— S'il te plaît, Jamie, je sanglote. On n'a pas le temps !

J'essaie de le traîner, mais il est plus robuste que moi.

Merde !

Les vapeurs d'essence semblent plus fortes, ajoutant à ma terreur. Jamie bouge enfin, et je le tire vers la porte d'entrée. Nous y arrivons et je la déverrouille avec des mains tremblantes. Je tourne la poignée et la porte s'ouvre, seulement pour être violemment refermée par une main qui apparaît de nulle part.

Je hurle et me retourne, voyant le visage de Jeff déformé par la fureur.

CHAPITRE 38

Poison Ivy

IL VERROUILLE à nouveau la porte et me frappe au visage. Je vois des étoiles et je pense que je vais tomber en arrière, mais Jamie me retient.

— Ne fais pas ça ! crie-t-il à Jeff. Ne blesse pas Ivy !

Entendre sa voix se briser d'émotion me fend le cœur.

Jeff s'approche de Jamie, et je me mets en travers de son chemin. Encore étourdie par la douleur, je parle entre mes dents serrées, ce qui fait mal. — N'ose *même pas* le toucher.

— Tu crois pouvoir me dire ce que je dois faire ? demande Jeff. Je vais te montrer qui commande ici.

Il nous pousse tous les deux dans le salon. Sous la menace de son arme, il nous force à nous asseoir dos à dos sur des chaises en bois et nous attache avec du ruban adhésif. Le bruit du ruban qui se déchire me vide de toute énergie. Pas encore. *Pas encore !*

Si seulement j'avais eu le temps de saisir le téléphone, au lieu d'essayer de faire sortir Jamie de la maison.

Je n'avais pas le temps.

J'aurais dû simplement le faire !

Je me déteste, mais je déteste Jeff encore plus. Voir Jamie si effrayé me fait haïr Jeffrey Bates plus que je ne l'aurais jamais cru possible.

Je sens mon frère qui se tortille derrière moi, luttant contre ses liens en gémissant.

Je me souviens de son doux visage souriant dans son lit d'hôpital.

Je nous revois patauger et glousser dans l'eau peu profonde de la mer.

Je me rappelle l'expression fière et joyeuse sur son visage quand il m'a montré sa toute première peinture.

S'il vous plaît, dis-je silencieusement aux dieux qui pourraient m'entendre. *S'il vous plaît, ne nous laissez pas mourir comme ça.*

Jeff, toujours sous l'emprise de la rage, nous hurle dessus, agitant son arme dont la crosse est poisseuse de sang séché. Je remarque qu'il a de nouvelles éclaboussures sur sa chemise, et mes yeux se remplissent de larmes. Comment peut-on être aussi mauvais ?

— Tu le savais ? exige-t-il maintenant de Jamie. Tu savais que ta sœur est une putain ?

Jamie commence à sangloter. Il ne comprend pas ce terme injurieux, mais il sait que nous sommes en grand danger. J'ai envie de le réconforter, mais le ruban adhésif m'en empêche.

— Oui. Elle est une prostituée. Elle est la pute d'un milliardaire, rien que ça. Il tourne son venin vers moi. Combien te paie-t-il, Poison Ivy ?

Je ne peux m'empêcher de penser à l'enveloppe d'argent qu'Alistair m'a donnée. Comme je ne réponds pas, il dit : — Plus que tu ne vaux, c'est certain.

Je suis habituée aux insultes de Jeff. Habituée à être traitée de vulgaire, de stupide, de salope. Ça m'a fait mal autrefois. Rien de tout cela n'a plus d'importance pour moi maintenant, mais j'entends la souffrance dans les gémissements de Jamie, et ma poitrine se serre en réponse.

Je continue à me reprocher de ne pas avoir atteint le téléphone à temps, de ne pas avoir prévenu Alistair dès que j'ai reçu le message. De ne pas avoir expliqué à Becks ce que signifiait le message de Jeff. De ne pas avoir demandé au chauffeur de taxi d'attendre au coin de la rue et d'appeler la police si je n'étais pas revenue dans la demi-heure. D'avoir cru que je pourrais gérer ça toute seule.

On dit qu'il faut être attentif quand quelqu'un vous montre qui il est vraiment. Jeff me l'avait montré maintes et maintes fois, et je pensais que le quitter résoudrait le problème. J'aurais dû savoir que ça ne ferait qu'empirer. C'est ce que font les agresseurs.

Je le regarde s'emporter et vociférer sur le fait que je suis un être humain terrible, égoïste, hypocrite. Que si nous étions encore ensemble, je vaudrais encore quelque chose. Je fais semblant d'écouter, mais mon esprit tourbillonne avec des plans d'évasion possibles, dont aucun n'est réaliste. Quand mes yeux roulent vers le plafond de désespoir, je vois que le détecteur de fumée est de travers. Tout me ramène à la même conclusion : je suis complètement immobilisée par du ruban adhésif noir, et Jeff a une arme chargée.

L'atelier est imbibé d'essence, et personne ne sait où nous sommes.

CHAPITRE 39

Prochaine Vie

SI JE POUVAIS PARLER, je pourrais gagner du temps. Peut-être que les collègues ou la famille de Lorna remarqueraient son absence. Peut-être qu'un voisin a entendu les cris et a composé le 15. Si je pouvais simplement le maintenir dans sa posture théâtrale, comme il aime tant le faire, nous aurions peut-être une chance. Mais il ne veut rien entendre de ce que j'ai à dire. Il veut avoir toute la scène pour lui-même. Il prétend toujours organiser des manifestations pour lutter contre la crise climatique, mais en réalité, il le fait pour l'attention. Les étudiants aux yeux étoilés qui boivent ses paroles, les entreprises qui acceptent de le rencontrer pour réduire leur empreinte carbone. Il le fait pour se sentir important, ce salaud, et il ose me traiter d'hypocrite.

Mais je ne peux rien dire. Je ne peux rien faire. Je crois que ma tête douloureuse va exploser de frustration. Ma langue ne cesse de chercher ma dent qui bouge, et ma pommette irradie de douleur. Rien de tout cela ne fait aussi mal que d'entendre Jamie gémir de terreur. C'est de la torture pure.

Après ce que j'estime être vingt minutes, mais qui semble durer des heures, la colère de Jeff commence à s'estomper. En apparence, on pourrait penser que c'est une bonne nouvelle, mais je connais Jeffrey Bates, et cela ne signale qu'un danger accru. Il va devoir s'occuper de nous maintenant, et les chances qu'il nous laisse partir sont nulles. Moins que nulles.

Il se dirige vers la cuisine et revient avec un bidon d'essence en plastique rouge.

— Non ! je crie. Cela sort comme un grognement étouffé. Je le supplie du regard. J'implore.

Je ferai N'IMPORTE QUOI, j'essaie de dire. *N'importe quoi. Laisse juste partir Jamie.*

— Malheureusement, vous ne m'avez pas laissé le choix. Il a vraiment l'air désolé, ce connard. — Je vous ai donné des options. Je pense avoir été assez généreux, vraiment. Je vous ai offert une toute nouvelle vie. J'étais même prêt à fermer les yeux sur votre *comportement.*

Jeff commence à asperger le liquide dans toute la pièce, trempant le canapé et éclaboussant les rideaux. L'odeur est si âcre que je voudrais pouvoir me boucher le nez. Des larmes coulent de mes yeux.

— Maintenant, dit Jeff, je pense que je vais commencer le feu dans ce stupide petit atelier.

Je crie et essaie de donner des coups de pied, mais mes jambes restent immobiles.

Jeff a un sourire dément sur le visage. — Comme ça, vous pourrez admirer le spectacle.

Les sanglots de Jamie me déchirent le cœur en deux. Il pleure si fort que sa respiration est laborieuse.

Je secoue lentement la tête, sans quitter Jeff des yeux, implorant silencieusement sa pitié. Il n'est pas si cruel, certainement.

— Ce sera plus excitant pour tout le monde, dit Jeff. Il fouille dans sa poche pour un briquet et me le montre. Je le reconnais comme étant le mien. Il a dû le prendre dans mon appartement quand il y est entré par effraction. Un briquet destiné aux bougies parfumées et à l'encens.

— Je reviens tout de suite, murmure-t-il.

Une fois qu'il est parti, Jamie pleure encore plus fort, et je crains qu'il ne puisse plus respirer du tout. Je pleure aussi.

Je suis tellement désolée, je désespère de lui dire. *Tu es un homme si bon, si gentil. Un être humain étincelant. Tu ne mérites pas ça. Je suis tellement désolée.*

Jeff revient dans le salon, et je me demande un instant s'il essaie simplement de nous faire peur, prétendant avoir mis le feu à l'atelier. Mais ensuite je sens la fumée, et mon estomac se tord si fort que je crois que je vais vomir. Je regarde vers la cuisine et vois une fine couverture de fumée recouvrant lentement les carreaux. Elle est parfaitement blanche, comme la brume sur une montagne.

Puis les crépitements commencent. Je les entends clairement, comme si le feu était juste à côté de mon visage. Dans mon esprit, je vois les tableaux se détruire, dévorés par les flammes avides. Toile après toile d'arbres méticuleusement peints : feuilles, troncs et fleurs engloutis par le feu. Les fenêtres commencent à craquer, les pots de térébenthine explosent. Les peintures à l'huile sifflent et grésillent.

Que reste-t-il à faire maintenant sinon être témoin ?

La fumée s'approche et perd son apparence blanche innocente. Des panaches gris s'élèvent et menacent de nous étouffer. L'asphyxie sera un moyen plus facile de partir, alors j'espère qu'elle se dépêche vers nous. Soit cela, soit une balle miséricordieuse du revolver de Jeff. Mais un regard vers le psychopathe me dit qu'il n'a aucune pitié en tête. Il prend trop de plaisir à tout cela.

Jamie commence à tousser pour de bon.

Je souhaite des choses dont je n'aurais jamais rêvé :

Qu'il meure d'inhalation de fumée.

Qu'il meure rapidement.

Qu'il meure avant moi.

Tout ce qui pourrait atténuer sa souffrance.

Mes poumons brûlent tellement qu'on dirait qu'ils sont en feu.

Il y a une petite explosion dans l'atelier ou la cuisine. Je ne peux pas dire. Jeff tousse et plisse les yeux. — Je crois que c'est mon signal de départ, décide-t-il. Il prend mon menton. — À la prochaine vie.

Je le fusille du regard, mon visage ravagé par les larmes, et je le regarde s'éloigner. Avant d'ouvrir la porte, il pivote sur ses talons comme s'il avait oublié quelque chose. Il me vise et tire.

Ma poitrine explose de douleur. Jamie hurle dans son bâillon et convulse de terreur. *Je vais bien,* je veux lui dire. *Je vais bien,* mais ma vision n'est qu'un paysage d'étoiles. Mon corps se déroule, me transformant en poupée de chiffon. Tant de douleur. Je ne peux plus bouger.

Les paupières tombantes, je regarde par la fenêtre. Il neige. Ce que je ne donnerais pas pour être dehors dans l'air frais et froid. Ce que je ne donnerais pas pour faire du patin à glace avec Alistair. Ça avait toujours été trop beau pour être vrai.

Jamie cesse de lutter. Il n'y a plus de pleurs ni de toux. Je suis écrasée sous le poids de son silence, même si c'est ce que j'avais souhaité. *Au moins, il est en paix*, me dis-je. Sa souffrance est terminée ; la cruauté et la terreur. Son calme s'infiltre en moi, et mes yeux commencent à se fermer.

J'aimerais pouvoir leur dire que je les aime. Mes parents, Jamie, Becks, Alistair. J'aimerais pouvoir les serrer dans mes bras pour leur dire adieu.

La fumée ne semble plus m'étouffer. Mes poumons ont abandonné la bataille. Ma panique s'est apaisée. Je peux sentir la chaleur des flammes sur mes pieds, mes jambes et mon visage. En quelques secondes, je serai engloutie, et tout sera fini.

CHAPITRE 40
Neige et sirènes

UN BRUIT fracassant me fait sursauter. Mes yeux s'ouvrent brusquement, seulement pour être agressés par des fumées toxiques. Le tapis vorace de flammes se trouve à quelques centimètres de ma chaise. Une ombre m'agrippe, me secoue, et je pense que c'est Jeff. Jeff est revenu pour s'assurer que je meure.

Je pleure, mais cela se transforme en quinte de toux. Mes côtes irradient de douleur.

Mes pensées sont confuses, empoisonnées par le traumatisme et la fumée.

— Ivy ! crie l'ombre. Je reconnais cette voix. Mon cœur manque un battement. Est-ce que je rêve ? Est-ce que j'hallucine une fin heureuse ?

Je cligne des yeux. À travers l'épaisse brume, je vois que c'est lui. Alistair.

J'arrête de pleurer.

Alistair !

Les flammes nous attaquent — la porte d'entrée qui a été défoncée a attisé l'enfer. Ma conscience vacille. Je ne peux pas garder les yeux ouverts. C'est tellement plus facile de se laisser partir.

— Reste avec moi, Ivy, hurle Alistair. Il arrache le scotch de ma bouche.

— Alistair, dis-je, puis, Jamie. Jamie.

Il y a un autre homme, et encore un autre.

Henderson. Lucky.

Lucky emporte Jamie dehors.

— Lorna est à l'étage, je m'étrangle. Henderson hoche la tête et monte les escaliers en courant, disparaissant dans la fumée.

Alistair a coupé mes liens et me soulève, me berce contre son immense poitrine. Je me sens comme une enfant ensommeillée dans ses bras. Il est si fort. Son torse est nu, et je réalise alors que c'est parce qu'il a enroulé sa chemise autour de mon visage pour filtrer le pire de la fumée.

Quelque chose d'énorme tombe sur notre chemin, bloquant notre sortie. Ça brûle si intensément que je ne peux pas distinguer ce que c'est. Une bibliothèque, peut-être. Alistair lui donne des coups de pied, essayant de la dégager de l'entrée. Il frappe encore et encore, et commence à tousser. Il rugit, puis lui donne un dernier coup de pied, la faisant tomber à plat pour qu'il puisse marcher au-dessus des flammes et nous faire sortir. Nous franchissons la porte d'entrée et nous sommes dehors. Il arrache la chemise de mon visage pour que je puisse aspirer l'air frais dans mes poumons brûlants. Le choc de l'air froid me fait tousser sans cesse.

Alistair regarde autour de lui.

— Henderson ? demande-t-il à Lucky, qui s'occupe de Jamie.

Lucky secoue la tête.

Alistair me dépose sur la neige et retourne à l'intérieur en courant.

Non, je veux lui crier. *Non !!* Mais tout ce que je peux faire, c'est tousser tellement que je vomis.

Une fumée couleur charbon sort maintenant de l'entrée, et je peux voir des flammes à l'étage.

Non, non, non, je gémis dans ma tête.

Je ne pense pas clairement. J'essaie de me lever, de retourner à l'intérieur pour trouver Alistair, mais je trébuche et Lucky m'attrape. Je me tourne vers lui, affolée, suppliante.

— Laisse-moi partir, je murmure, mais il ne veut pas. Il me tient même si je donne des coups de pied et hurle avec le peu d'énergie qu'il me reste.

Lucky me tire en arrière dans la neige et me couvre de son corps juste au moment où la maison explose en flammes. Il y a une explosion de chaleur.

— NOOOON ! je hurle dans la neige sur laquelle je suis allongée, mes cordes vocales déchirées. La bouche pleine de sang, je le crache sur le sol blanc. Ma dent est là. Une pensée après coup.

Alistair ! Je suis absolument écrasée par mon chagrin. Je n'ai jamais rien ressenti de tel auparavant. Mes respirations sont saccadées, mes membres n'obéissent plus à mes ordres. Tout ce que je peux faire, c'est me mettre à genoux comme en prière, et m'étouffer dans mes larmes. Tout l'amour dont je suis capable se transforme en un chagrin si intense et si noir que je ne peux pas le supporter. Je ne peux pas vivre avec cette douleur. J'aurais préféré mourir dans l'incendie.

Un craquement venant de la maison voisine me fait lever les yeux de mon désespoir. Je cligne des paupières, essayant de clarifier ma vision de ce que je suis sûre n'être qu'un fantasme, car je vois Alistair et Henderson sortir de la maison voisine, après avoir enfoncé la porte. Henderson porte Lorna sur son épaule. Je ne peux pas dire si elle est vivante, mais les voir dissipe mon angoisse et je peux me lever. Alistair me soulève de terre, me serre contre lui, aussi anxieux de me voir saine et sauve que je le suis pour lui. Je me remets à pleurer ; je ne peux pas m'en empêcher. Les sanglots secouent tout mon corps. Je pleure et pleure contre sa poitrine tandis qu'il me tient fermement. Je pleure jusqu'à ce qu'il ne reste plus rien — pas une larme, ni un souffle. Il me laisse me vider complètement en lui. Si solide et si inébranlable quand j'en ai le plus besoin.

Le camion de pompiers et l'ambulance arrivent, mais ce n'est que du bruit en arrière-plan. Je ne peux rien ressentir d'autre que mon amour intense pour Alistair. Il avait déjà mon cœur, mais maintenant je lui dois ma vie.

Neige et sirènes. Des ambulanciers en uniformes haute visibilité. Des lumières clignotantes. Il y a une bruyante couverture argentée enroulée autour de moi, et des gens essaient de m'emmener dans l'ambulance. Je refuse.

Doucement, Alistair dit :

— Tu dois aller à l'hôpital.

— Non, je croasse. Non.

Je ne le quitterai pas. Pas question. Je ne le quitterai plus jamais.

Il m'entend sans que j'aie besoin de dire un mot. Il prend mon visage entre ses mains. Son toucher est si tendre que je me sens défaillir. Il regarde mes bleus et mes yeux injectés de sang, essayant de déterminer la gravité de mes blessures. Le gilet avait arrêté la balle de Jeff. Je pense qu'il va proposer de venir dans l'ambulance avec moi, mais au lieu de cela, il murmure :

— Qui t'a fait ça ?

Je le regarde droit dans les yeux. Il sait exactement qui c'était, mais il a besoin de l'entendre de ma bouche.

Je sais que si je prononce son nom à voix haute, je signerai son arrêt de mort.

— Qui t'a fait ça ? demande-t-il à nouveau, laissant cette fois transparaître un peu de sa colère dans sa voix. Il y a un soupçon de grondement dans sa gorge. Nos yeux ne se quittent pas.

— Jeff, je réponds. Jeffrey Bates.

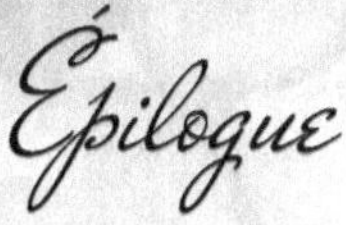

DE PLUS EN PLUS PROFOND

— TU N'AS PAS besoin de me servir comme si j'étais une reine, je murmure en souriant.

Je suis à nouveau dans mon lit préféré, dans le penthouse du Raven, et Alistair vient d'apporter un bol de glace.

— Oh, alors tu ne veux pas de cette glace ? me taquine-t-il, faisant mine de la rapporter à la cuisine.

— Si ! je croasse.

Il me l'apporte et s'assoit à côté de moi sur le lit.

— Merci.

— Veux-tu que je te la donne à la cuillère ? demande-t-il, avec une pointe de malice dans sa voix grave.

— Je suis tout à fait capable, je réponds, même si l'image d'Alistair léchant de la glace sur mon corps persiste.

Il prend ma main et l'embrasse. C'est chaleureux et rassurant.

— Des nouvelles de l'hôpital ? je demande.

Alistair cesse de sourire. — Jamie guérit bien. Il sera bientôt sevré d'oxygène. Je soupçonne que les dommages les plus durables seront émotionnels.

Une boule familière se forme dans ma gorge.

— N'ose même pas te sentir coupable, dit Alistair quand il perçoit ma détresse. N'ose même pas. Ce que Jeff t'a fait, à toi et à Jamie, était malfaisant. C'est *lui* le méchant. D'accord ?

Je hoche la tête.

— Jamie recevra les meilleurs soins, poursuit-il. Physiquement et psychologiquement. Nous prendrons soin de lui.

Alistair a clairement fait comprendre à mes parents qu'ils ne devaient pas s'inquiéter des frais médicaux. Cela avait aidé à apaiser le chagrin de notre famille. Une fois que Jamie sera suffisamment rétabli pour sortir, il vivra un moment avec mes parents jusqu'à ce que nous lui trouvions un nouvel endroit où habiter.

Un avec un véritable *studio,* avait insisté Alistair.

Lorna n'a pas eu autant de chance. Elle avait été battue à un cheveu de la mort, notamment avec un coup presque catastrophique à la tempe, probablement donné avec la crosse du revolver de Jeff. Jamie était impatient de lui rendre visite, mais ils avaient tous deux encore du chemin à parcourir avant que ce soit possible, car Lorna était en soins intensifs. Rien que penser à son état me fait bouillir le sang. Ce n'est pas juste qu'une femme aussi merveilleuse et désintéressée ait été si gravement blessée.

— Et toi, dit Alistair.

Je cligne des yeux vers lui, m'étant complètement perdue dans mes pensées. — Pardon ?

— Et les meilleurs soins pour toi aussi, dit-il, en écartant une mèche de cheveux de mon visage.

— Je sais ce que ça veut dire en langage codé, je réponds d'une voix rauque.

Son sourire revient. — Je parlais de soins *psychologiques*.

— Bien sûr.

— Syd connaît un excellent conseiller en traumatisme.

— Je n'ai pas besoin d'un conseiller, je proteste. Tout ce dont j'ai besoin, c'est de toi.

— C'est flatteur, mais ce n'est pas vrai. Elle sera là dans une demi-heure.

— Quoi ?

— Syd a dit que plus tôt tu ferais ton débriefing, plus la thérapie serait efficace.

— Tu fais ça sonner comme une transaction.

— Elle s'appelle Dr. Sandringham. Syd dit qu'elle est brillante. La meilleure dans son domaine. Elle travaillera aussi avec Jamie. Et avec Lorna, si elle... se réveille. Et... ce chauffeur de taxi qui t'a aidée ? MacKenzie ? Il a été récompensé, selon ta demande.

Le chauffeur de taxi écossais était resté dans les parages, hors de vue, certain que j'étais en danger, et avait appelé le 999 dès qu'il avait vu de la fumée. Les pompiers avaient pu sauver les maisons des voisins de la destruction. Les ambulanciers avaient très probablement sauvé la vie de Jamie.

— Oh, dit Alistair. Et cette chose bizarre que tu as

demandée ?

Je ris doucement. Cela fait mal à mes côtes. — Tu en as trouvé un ?

— Oui, sourit-il. Il a été livré ce matin. Il me montre une image sur son téléphone de Jamie tenant une énorme peluche d'écureuil gris. — Il est fabriqué avec du tissu recyclé.

Mon cœur fond.

— Merci, je réponds. J'ai l'impression de ne lui dire que merci depuis l'incident, mais rien de ce que je dis ne peut exprimer à quel point je suis reconnaissante.

— Tu n'as pas à me remercier, dit-il en me regardant dans les yeux. Je veux faire ça pour toi. Je ferai n'importe quoi pour toi, Ivy. N'importe quoi.

Ma glace fond dans son bol. J'avale difficilement. — Nous n'avons pas eu l'occasion de parler de... nous, je dis timidement.

— De quoi y a-t-il à parler ?

— Eh bien, de notre accord, pour commencer. Et de mon retour à mon appartement.

Alistair s'étonne. — Tu ne retournes pas à ton appartement.

— Je dois y retourner ! je murmure. J'ai besoin de retrouver ma vie normale. Nous étions d'accord pour une semaine ensemble. Je désigne le lustre et le papier peint luxueux. — C'est un rêve. C'était merveilleux pendant que ça a duré. *Plus* que merveilleux.

Ç'a été la semaine la plus exaltante de ma vie.

— Mais je ne peux pas vivre dans un monde de conte de fées. Je dois revenir à la réalité.

Il continue à secouer la tête. Sa voix se transforme en

ce grondement que je connais si bien. — Si tu penses que je vais te laisser partir un jour, tu te trompes.

Je sens une trace familière de désir remonter dans mon corps.

— Alistair, je réponds, à moitié amusée. Je ne peux pas vivre dans un hôtel pour toujours. Je ne peux pas être ta maîtresse secrète pour toujours. Ton animal de compagnie. *Même si dieu sait que j'adore ça.* C'était un fantasme, et maintenant je dois mettre ma culotte de grande fille et régler ma vie.

— J'adore ta façon de dire *culotte*.

Je le frappe sur le bras. — Arrête. Je suis sérieuse.

— Tu n'as pas besoin d'être sérieuse, dit-il. Je suis assez sérieux pour nous deux.

Je refoule la connaissance que j'ai de l'implication d'Alistair dans le crime organisé. Je trouve facile d'être dans le déni à ce sujet, parce que je ne l'ai jamais vu que comme ça : chaleureux, généreux, drôle, délicieux. Les criminels violents n'agissent pas comme ça. Les parrains de la mafia n'engagent pas de conseillers en traumatologie pour leurs maîtresses et leur famille élargie. Les chefs de la pègre n'apportent pas de glace au lit à leurs femmes blessées.

Ce serait si facile de simplement céder à lui. — Je peux voir que tu ne vas pas me laisser gagner, je dis.

— Exact.

— Alors dis-moi ce que nous allons faire.

Il feint le ravissement. — Je croyais que tu ne le demanderais jamais.

L'excitation se coince dans ma gorge. Je suis au bord d'une toute nouvelle vie, si je la veux.

— Notre accord, déclare-t-il, envoyant des étincelles dans mon bassin. J'aimerais le prolonger.

— Pour combien de temps ?

— Indéfiniment, répond-il. Après tout, nous n'avons même pas parcouru la moitié de la liste.

J'avale difficilement. — Comment ça marcherait ?

— Simple. Tu emménages avec moi et nous continuons notre... exploration de ton corps et de tes désirs.

Attends, quoi ?

— Je... *emménage* avec toi ? Je ne sais même pas où tu habites.

— Pssh, répond-il, balayant mes inquiétudes d'un geste. Un détail mineur.

— Est-ce que ça ne semble pas un peu, je ne sais pas, *rapide ?*

Nous nous connaissons depuis moins d'une semaine.

— Tout est rapide entre nous, Ivy Mickelson. Je suis tombé amoureux de toi dès que je t'ai rencontrée.

Nous nous regardons dans les yeux un moment, absorbant la gravité de ce que nous disons.

— Et chaque jour depuis, continue-t-il. Tombant de plus en plus profondément.

Ses yeux brillent d'émotion.

Mon cœur bondit. Je hoche la tête. Je ne fais pas confiance à ma voix rauque pour répondre.

— En plus, dit-il, essayant d'alléger l'ambiance. J'ai déjà rencontré ta famille.

Nous échangeons des sourires. Mes parents ne tarissaient pas d'éloges sur Alistair. Quand je leur ai rappelé qu'il était milliardaire, ma mère a fait un bruit désapprobateur et a dit : « Personne n'est parfait, chérie. »

— Tu n'as pas à décider maintenant, dit Alistair. Tu peux rester ici aussi longtemps que tu veux. Réfléchis à ma proposition.

— À quoi réfléchir ? C'est évident, à part toute cette histoire de syndicat du crime, que je deviens très douée pour ignorer.

— C'est un oui ?

— Ce n'est pas un oui. C'est un *putain de oui*.

Alistair prend ma joue et m'embrasse tendrement sur la bouche. — Tu n'as pas idée à quel point ça me rend heureux.

Mais j'en ai une idée, car mon corps chante d'excitation et d'une étrange sorte de bonheur plein d'espoir. Comment est-il possible qu'un homme puisse me faire sentir ainsi ? Je ne suis pas prête à creuser trop profondément dans la question. Il y aura du temps pour ça plus tard.

— Je vais informer le personnel de nous attendre plus tard aujourd'hui. Alistair noue sa cravate. Oh mon dieu, le personnel ? Bien sûr qu'il a du personnel. Je le regarde ajouter des boutons de manchette. Il est incroyable dans son costume.

— J'espère que ton lit est aussi glorieux que celui-ci, je remarque en plaisantant.

— Il le sera si tu es dedans, répond-il.

Il fait le tour pour m'embrasser avant de partir, me glissant un cadeau de sa poche. Un nouvel iPhone.

— Essaie de ne pas perdre celui-ci, dit-il, les lèvres courbées.

— Très drôle, je réponds.

Après le départ d'Alistair, je mange ma glace en guise

de petit déjeuner, ce qui apaise ma gorge irritée, et j'allume le nouveau téléphone. Il contient déjà toutes mes informations, comme si le précédent n'avait jamais été perdu dans l'incendie. D'une certaine façon, j'ai l'impression que c'était une vie différente. Ou plutôt, j'ai l'impression d'être une personne différente. Endommagée, certes, mais gonflée d'espoir pour ma nouvelle vie.

Oui, je vais devoir m'asseoir et avoir une vraie conversation avec moi-même pour résoudre mes innombrables problèmes.

Oui, je vais devoir réparer les parties de ma vie qu'Alistair ne peut pas réparer.

Et oui, je devrai finalement faire face à la réalité de qui je suis par rapport à qui est Alistair Ravenscroft, mais ce jour n'est pas aujourd'hui.

Aujourd'hui est le jour où je m'accroche aux bouées de sauvetage de l'espoir, de l'amour et du désir.

Je suis sur le point de poser le téléphone pour me lever et me préparer pour mon rendez-vous avec le Dr. Sandringham quand il commence à sonner comme un fou. J'espère que c'est Becks, mais c'est un numéro inconnu, et les messages sont programmés pour disparaître.

La peur m'étouffe. Tout mon corps picote d'anxiété. Les messages doivent être de Jeff. Qui d'autre cela pourrait-il être ? Rien que penser à lui me fait trembler. D'une certaine façon, je sens que son mal s'est infiltré en moi, a empoisonné mon sang. Ironique, étant donné son surnom pour moi.

J'ouvre le tout premier message du numéro inconnu. C'est une capture d'écran d'une conversation par texto entre Lucky et Alistair du jour où nous avons découvert que Jeff avait loué une chambre d'hôtel sous le penthouse.

LUCKY DIREKO

Traqueur sur le véhicule de Bates installé.

ALISTAIR RAVENSCROFT

Bon travail. Surveille-le de près. Je ne fais pas confiance à ce connard.

Sécurité de l'hôtel briefée. Il ne rentrera plus.

S'il touche ne serait-ce qu'à un cheveu d'Ivy, je le tue.

Le voir écrit noir sur blanc comme ça me choque. « Je le tue » n'est presque jamais à prendre au sens littéral, je le sais. Mais dans ce cas, c'est tout le contraire.

Il n'y a rien de surprenant dans l'échange lui-même. Je savais qu'ils avaient d'une manière ou d'une autre attaché un traceur à la voiture de Jeff. C'est comme ça qu'ils m'ont trouvée chez Jamie. La chose la plus déconcertante était de savoir qui avait accès à cette conversation entre eux, puis me l'avait envoyée. J'étais à peu près sûre que les paramètres du téléphone d'Alistair étaient fixés à la sécurité la plus élevée possible. Je devais lui dire que sa vie privée avait été violée.

Le message suivant datait de tard dans la soirée, quelques heures après l'attaque.

LUCKY DIREKO

Cible capturée. J'ai pris une dent comme demandé.

Conseil pour les prochaines étapes.

ALISTAIR RAVENSCROFT

Je suis en route.

Je peux m'en occuper. J'ai tout ce qu'il faut.

Non. Je m'en occuperai. C'est personnel.

[Épingle de localisation]

Je vais alerter le nettoyeur.

Ceci me coupe le souffle. Ils avaient suivi le véhicule de Jeff et l'avaient trouvé quelques heures seulement après nous avoir sauvés, si c'est exact. J'essayai de me rappeler où j'étais quand cela se passait. Syd me soignait pour l'inhalation de fumée et s'occupait de mes diverses coupures et contusions. Puis le dentiste d'urgence a remplacé ma dent manquante. Il y a eu quelques bonnes heures où Alistair n'était pas dans la pièce. J'avais supposé qu'il était à côté. Il est entré après, après que tout le monde soit parti, et m'a embrassée et câlinée jusqu'à ce que je n'aie plus de larmes. Il ne m'a pas lâchée de toute la nuit, comme si j'allais disparaître si sa peau ne touchait pas la mienne.

Le message suivant est un extrait sonore. C'est si perturbant que je laisse tomber le téléphone sur mes genoux comme s'il m'avait brûlée. C'est un homme qui supplie pour sa vie. Jeff.

Il pleurait. Il était désespéré et souffrait.

Je pensais que j'aurais pitié de lui. Je suis choquée de constater que non.

J'aurais peut-être pu pardonner à Jeff ce qu'il m'a fait, mais pas d'avoir essayé de tuer Jamie.

Jeff a terrifié mon frère d'une manière qui le marquera à vie. Il a brûlé sa maison spéciale, toute une vie d'art, et a failli tuer sa chère auxiliaire de vie. Il n'y a pas de place dans mon cœur endurci pour lui ; c'est lui qui l'a rendu ainsi.

J'hésite à ouvrir le dernier message. C'est un clip vidéo. Mon cœur bat la chamade. On ne pourra pas oublier ce qu'il contient. Il n'y aura plus de déni sur la capacité d'Alistair à la violence si je le regarde. Mon nouveau monde plein d'espoir s'effondrera sous mes pieds. Qui a envoyé ces messages, et quel est leur objectif ? Ils veulent que je sache quel genre d'homme est Alistair.

Mais à ma façon, je le sais déjà. Je sais de quoi il est capable. Et il y a une toute petite partie de moi, très secrète, qui aime la façon dont Alistair tuerait pour me protéger. C'est difficile à admettre. J'ai été élevée dans une maison avec des affiches de paix sur les murs. *La violence n'est pas la solution,* ai-je toujours pensé. Mais qu'en est-il maintenant, quand la violence est la seule réponse possible ? Quand se débarrasser de Jeff est le seul moyen de garder ma famille et moi en sécurité ?

Même ainsi, je sais que regarder le clip endommagera notre relation. Ça me montrera un côté laid d'Alistair que je ne pourrai jamais effacer. Quelle quantité de déni est saine ? Je continue à osciller entre vouloir savoir et me voiler la face. Si j'emménage avec Alistair, j'ai besoin de savoir dans quoi je m'embarque, non ?

Je suis sur le point d'appuyer sur lecture quand je

change d'avis et appuie sur supprimer, et le message disparaît.

Ce n'est que le tout début de notre histoire, et j'ai décidé que j'apprendrais à connaître Alistair Ravenscroft à mon rythme, selon mes propres conditions.

Et en ce qui concerne Jeff Bates, quelque chose qu'il a dit ce jour horrible me revient, clair et net comme une cloche. Je m'en souviendrai chaque fois que je penserai à lui.

Pas de corps, pas de crime.

Le nettoyeur s'en est occupé.

J'entends la sonnette retentir. Je pose mon téléphone, enfile mon peignoir et me dirige vers la porte d'entrée pour rencontrer le Dr. Sandringham.

Vous en voulez plus ?

Le tome 2 arrive, où l'histoire entre Ivy et Alistair continue de faire des étincelles.

J'espère que vous vous joindrez à ces montagnes russes émotionnelles qui mènent à leur happy end torride.

>> Lisez Good Girl Turned Bad ici.<<

Blair Butler est le nom de plume romance torride de l'auteure All-Star de Kindle Unlimited et auteure à succès USA Today, JT Lawrence.

Pour être informé des nouvelles publications, suivez-la sur Substack, son site web ou sa page d'auteur sur Amazon :

https://blairbutler.substack.com/
www.jt-lawrence.com
https://shorturl.at/jRXGz

www.ingramcontent.com/pod-product-compliance
Lightning Source LLC
Chambersburg PA
CBHW030527190726
48283CB00006B/1801